ロケットが来た

鈴木翔遥
Shoyo Suzuki

文芸社

ロケットが来た◎目次

第一章　アメリカへ

1

その日、羽田空港の国際線ロビーはひどく混んでいた。

一九七三年七月十五日、僕は液体ロケットエンジンについて学ぶため米国ロケットダイナミクス社へ出張するのであるが、それは僕にとって初めての海外渡航でもあった。

当時羽田空港は、正しくは東京国際空港といい、東日本唯一の国際空港として、アメリカ行きの便が集中する午後は特に混雑していた。僕は見送りを約束してくれていた伯父一家を雑踏のなかに見つけ、近づいた。

「やあ弘一くん、出張おめでとう」

伯父はびっくりするような大声で話しかけると、握手を求めてきた。その頃は終戦から二十八年経ち、外国出張も珍しくなくなっていたが、大正生まれの伯父には甥の僕が〝洋行〟することが誇りだったのだろう。


「お兄ちゃん、アメリカに行くの？　いいなあ」

まだ小学生の従妹の美代子が甘えてきた。

「そうだよ、だけど仕事で行くのだからね」

「うん、でもお土産忘れないでね」

「もちろん、何がいいのかな？」

「ハンドバッグ」

「ハンドバッグ？」

「そう、ちゃんとした革で出来ていて、可愛いのでないとだめよ」

まだ十二歳のはずなのに、最近の女の子は、もうそんなことに興味があるのかとびっくりしたが、僕は貴重な日曜日にわざわざ僕を見送りに来てくれたお気に入りの従妹に、土産を買ってくることを約束した。


伯父一家と別れて出発ラウンジに入ると、今回同行する製造部の長野課長とスタッフの佐藤正樹さんが待っていた。スタッフの佐藤さんと技術部に所属する僕は同姓のため、長野さんは正樹さん、弘一くんと呼んで区別していた。

僕たちは、一九六九年に結ばれた「宇宙開発に関する日米交換公文」に基づいて開示されるデルタロケットの第一段エンジンに関する技術を取得するため渡米するのだが、出発間際に嫌な問題が持ち上がっていた。

政府は、宇宙技術開発事業団を通じて開示される技術でロケットエンジンを製造する契約を、三峰重工業と僕たちの会社・小石川重工業との間に結んでいた。エンジンのポンプ部を三峰重工に、燃焼室部を小石川重工に発注していて、簡単に言うとエンジン上部は三峰重工に、下部は小石川重工に委託したというわけである。

その頃の日本には液体ロケットエンジンに関する技術はまったくなく、ロケット先進国、特にアメリカとの技術格差は大きく開いていた。日本でも細々とした研究開発は行われていたが、NHKなどの人工衛星利用者からの打ち上げ要求にはとうてい応えられるはずもなく、政府が技術導入を決めたのは英断だったと言える。

ロケットエンジン技術者を急いで多数養成するためにも、また、一社による独占の弊害を避けるためにも、二社に製造を委託しようとした政府の決定は理に適っていたが、僕たちが驚愕したのは、日米交換公文締結と同時に、すでに三峰重工がロケットダイナミクスとの技術提携契約をしていたことだった。


「それで三峰重工との交渉はうまくいったの？」

長野さんが僕に聞いてきた。

僕の上司の丸山部長は、僕らがアメリカへ行った際に開示されるはずの技術資料について、すでにその使用権を押さえている三峰重工と交渉していたのだが、長野さんと正樹さんの二人は、その結果についてまだ知らなかったのである。

「いや、それが全然進展しなかったらしい」

僕は交渉の内容をかいつまんで説明した。正樹さんが担当する製造に関する資料と、長野さんが担当する工場内試験装置に関する資料は問題なく開示されるが、僕が担当するエンジンシステムと燃焼試験に関する資料は、三峰重工が開示に難色を示しているのだ。

「燃焼室を製造する我々がエンジンシステムや燃焼試験についてまで知る必要はないと、三峰重工は強硬らしい」

「それじゃあ、弘一くんが行く意味がないじゃないか」

長野さんが不満そうに言った。

「そもそも政府は二社にロケットエンジン技術を習わせようとしているのに、どういうことなんだ」

正樹さんも同調した。

契約社会であるアメリカのロケットダイナミクスにとって、そもそも技術提携の契約すらしていない小石川重工と話す必要はなく、彼らと話したい時はすべて三峰重工越しでなければならないという憂鬱な状況に僕らはおかれていた。

「佐藤くん、交渉は不調で、君の分の技術資料については開示されるかどうか未定なのだ」

出発の前日、三峰重工本社から戻ってきた丸山さんが申し訳なさそうに言った。

「そんな……政府は二社に開示するよう指導していたのではないのですか？」

「そうなんだが、三峰は我々がエンジンシステムまで知る必要はないと思っているんだ」

外出から戻ったまま、流れる汗もまだ拭き切っていない上司の顔を見つめながら、僕は混乱していた。ロケットエンジンをやりたくて小石川に入ったのに、いま僕の目の前からそのチャンスが逃げようとしていた。

「それでも僕が行く必要があるんですね」

僕はうつむき加減で丸山さんに聞いた。

「あとの二人は英語がイマイチだし、プロジェクトをまとめるスタッフとして君にはぜひ行ってもらいたい」と話してから、丸山さんは決心した様子で、びっくりするようなことを口にした。

「佐藤くん、向こうに行ったら直接ロケットダイナミクスと話してほしい。日本での交渉がうまくいかない以上、それしか手はないから」

「ええっ！　この僕がロケットダイナミクスと直接？」

「そう、ロケットダイナミクスに直接ぶっつけよう！」

「英語で？」

「そう英語で」

丸山さんは企業人としてはかなり乱暴な人である。もともとジェットエンジンのエンジニアであり、新エンジン開発の中枢にいたのだが、突然、これからはロケットの時代だと言い出し、一人でNASA（米国航空宇宙局）に渡り、液体ロケットエンジンの研究をして、先頃帰国したばかりだった。会社として技術導入プロジェクトの担当に据えるにはうってつけの人材だったが、仕事のやり方がアメリカ的な猪突猛進型で、周りは彼に振り回されていた。


「ロケットダイナミクスはうちと直接話してくれるのですか？」

僕は今ここで聞いても仕方のないことを口にした。

「分からん、ともかくあたってみるしかない！」

丸山さんは励ますように僕の肩に手をかけて言った。


我々は三峰重工から派遣される技術者たちとはもちろん、ロケットダイナミクスの人々とも会ったことのないまま、誰一人知る人のないなかに飛びこんでいくことになった。入社して五年、ロケットエンジンの基礎研究はしていたが、対外折衝の経験は皆無なのに拙い英語で交渉することになった僕は、初めての海外出張を前にしても、旅行気分にはとうていなれなかった。

2

僕たちが乗ったＪＡＬのボーイング７４７型機は大量輸送時代の幕開けを告げる大型ジェット旅客機で、四〇〇人を超える乗客を時速九〇〇キロの速さで運んでいた。この機体はプロペラ旅客機に比べ、旅客数で二倍、速さで二倍と合わせて四倍の輸送量をもたらしたため、航空各社が競って購入していたベストセラー機だった。

「それにしてもすごい広さだね」

前方の左側、三人並びの席に着きながら長野さんが言った。

「前に乗ったボーイング７０７は狭かったな。座席も左右二列だったし」

すでに海外出張経験のある彼は、新しい７４７型機にしきりに感心していた。

「よくこんな大きなものが飛びあがるね。弘一くん、不思議に思わない？」

航空学科出身の僕から見ても、７４７型機の性能は驚異的だった。ライト兄弟の初飛行から七十年、飛行機はついにここまできたかという思いが深い。

周りの乗客はビジネスマンが多く、観光客はまばらだった。

離陸すると、すぐ夕食が配られた。

「しばらく和食は食べられないからね」

長野さんが言った。なるほど、ひと月半ほどはそういうことになるのかと思った。


東回りでアメリカに向かう場合には、飛行機の窓から見える太陽はすぐ沈み、すぐ昇ってくる。浅い眠りのあと、僕たちは夜明けのコンディションの体のまま、昼下がりのロサンゼルス空港に着いた。

僕たちの行くロケットダイナミクスは、ロサンゼルスから西にサンフェルナンドヴァレイという小高い丘を越えたカノガパークという田舎町にあった。僕たちはタクシーで一時間ほどのその町に向かった。途中の高速道路《フリーウェイ》から見た景色は僕たちの度肝を抜くものだった。片側六車線のその道路はロサンゼルスの市街を縦横に貫き、国産車の二倍もあるアメリカ車が一〇〇キロを超えるスピードでビュンビュン飛ばしていた。

「すごいねえ、こんな道路がアメリカ中を走っているんだ」

正樹さんが感に堪えないという声で言った。

「アメリカにはこんなのが戦前からあったわけでしょう。日本でも多くの軍人たちが見ているはずなのに、よくこんな国と戦争しようと思ったものだね」

戦前生まれの長野さんがつぶやいた。

当時は軍人たちだけでなく、官僚たちもアメリカの生産力は分かっていた。ただ国策遂行上あの時期に開戦しないとじり貧になるとして戦いを挑んだと前に読んだことがある。国運を賭けるだけの価値のある国策だったのかは疑問だが。


車はフリーウェイを下りてカノガパークの街に入った。街中の主要道路であるシャーマンパーク・ウェイは片側三、四車線もあり、ともかく広い。歩道沿いに背の高い椰子の木が植えられていて、僕らは異国に着いたんだという高揚感に包まれた。

車を降りると、猛烈な暑さに襲われた。旅行ガイドブックにあった〝三十五度を超える暑さ〟とは、このことだったのだ。


僕たちの泊るカノガパークのホテルはシャーマンパーク・モーターホテルと呼ばれ、町では一番大きいホテルである。その名の通り、車で旅行する人たちに宿泊サービスを提供するホテルで、プールや食器類も備えられ、長期滞在に適していた。そのため一般の旅行者のほかに、各国からのビジネスマンも多く滞在していた。

3

翌日、ロケットダイナミクスが差し回した車に乗り、三峰重工から派遣された四人のエンジニアとともに、僕らはロケットダイナミクス・カノガ工場に向かった。

ロケットダイナミクスでは、日本プログラム・ディレクター（部長）のクレイトン氏、マネージャー（課長）のショージ・佐藤氏をはじめとする多くの関係者が出迎えてくれた。ショージ・佐藤さんは大学卒業後、すぐ渡米してロケットダイナミクスに就職し、二十年以上ロケットエンジン開発に従事してきたベテランで、今回日本プログラムが始まるとともにその担当マネージャーとなり、中枢的役割を果たしていた。

彼の紹介で型通りのあいさつが済むと、ロケットダイナミクスのＰＲフィルムと、今回技術提携したＬＢ－３エンジンの解説フィルムが上映された。

僕は丸山さんから言付《ことづ》かってきた話題をいつ切りだそうかと緊張していた。映写が終わり、今回の我々のスケジュール案が提示され、ロケットダイナミクスの担当者の説明が始まった。正樹さんと長野さんには製造と工場内試験の研修が予定されており問題はなかった。しかし僕のスケジュールは、一般説明と工場見学の後は、長野さんと一緒にエンジンの工場内漏れ試験と機能試験の研修を受けることになっていた。

　これが丸山さんが日本で行った交渉の結果なのだ。三峰から派遣されたエンジニアにはエンジン組み立てと燃焼試験の研修が組まれているのに、僕のスケジュールにはなかった。


　これで問題ないかと問われたので、僕はドキドキしながら手をあげた。

「私、佐藤弘一のスケジュールに関してお願いがあります」

　その場にいた全員が〝おや！〟というように顔をあげた。

「私はロケットエンジンをシステムとして学ぶためにここに来ました。したがってエンジン組み立てと燃焼試験の研修を受けさせていただきたい」

　担当者は困惑した表情で絶句した。

「それはたった今思いついたことかね？」

　ディレクターのクレイトンさんが聞いた。

「いえ、すでに東京で三峰重工と小石川重工との間で話し合っています。しかし私が出発するまでには結論が出ませんでした。当社のプロジェクトマネージャー、ドクター丸山から貴社に直接お願いするよう指示されてきました」

僕は自分の英語が通じているのに〝ほっ〟としながら言った。

学歴社会のアメリカで、ミスター丸山とは言わずに〝ドクター丸山〟と言った効果は、すぐに現れた。

「ドクター丸山？　あのドクター丸山か？」

「そうです。NASAから戻ったばかりのドクター丸山です」

丸山さんは、日本の次期ロケット調査団の一員として昨年ロケットダイナミクスを訪問していて、クレイトンさんとはすでに面識があった。

「しかし、いくらドクター丸山からのリクエストでも、この研修計画は三峰重工から送られてきたもので、ここで変更するのはむずかしい」

クレイトンさんは〝困った〟という表情で隣のショージ・佐藤さんの方を見た。

「そうです。この研修はロケットダイナミクスと三峰重工の契約に基づくもので、契約のない小石川重工の要求を受け入れることはないのだが……」

ショージ・佐藤さんが言った。

「理解しているつもりです。東京では研修計画を変更するよう三峰重工と交渉しているはずです。分かっていただきたいのは、二社にロケットエンジン技術を取得してもらいたいというのは日本政府の基本方針なのです」

僕は最低限のことは言えたと思った。特に「日本政府の基本方針」と言った時のロケットダイナミクス関係者の驚きの表情は印象深いものだった。

いずれにしろこの場で結論の出ることではないので、ロケットダイナミクスは東京から指示があれば見直すということで議論は終わった。


ショージ・佐藤さんは生粋の日本人だが、仕事のやり方はアメリカ的だった。すなわち契約があればそれに基づいて行動するし、契約になければ実行しないというものである。慣れないうちは〝同じ日本人なのに、小石川の僕らにずいぶん冷たいな〟という感じだったが、彼にとっては当たり前のことだった。

仕事上ではそのように杓子定規だったが、個人的な付き合いが深まるにつれて日本人の良さを保っていることが分かり、我々は彼を見直すことになる。

午前の議論では、三峰重工のエンジニアからは何も発言がなかったが、午後の工場見学に出る前にリーダーの山本さんが苦言を呈した。

「佐藤さん、あの場であんなことを言われては困ります。我々は三峰本社から何も聞かされていないから対応できないじゃないですか。ともかくロケットダイナミクスと直接話さないでください！」

「はあそうですか。分かりました」

僕にはそう答えるしかなかった。

今回三峰重工から派遣されたエンジニアにはプロジェクト担当のものはおらず、したがって彼らは先ほどのスケジュールの意味を分かっていなかった。山本さん本人も年長故にリーダーにされているのだったが、三峰重工独特の〝頭の高さ〟だけは十分持ち合わせていた。彼のなかでは僕ら小石川のエンジニアは三峰の下請けにすぎないのである。

僕らは宇宙技術開発事業団から直接契約をもらっている主契約会社だという意識があり、そのつもりで行動しているので、以後彼とはことごとくぶつかることになる。

4

工場見学では、その規模と活気に圧倒された。組み立てラインに並んだ数多くのロケットエンジン——僕は世の中にはロケットエンジンを量産している会社があるのだと思い知らされた。通路のところどころに置かれた掲示板には、ロケットダイナミクス製エンジンの最近の打ち上げは一週間前、次回は三日後とあった。またこれで連続四十三機成功と書いてあり、社員が誇りをもって仕事をしていることがうかがえた。

案内してくれたスミス職長によると、月面着陸をめざしたアポロ計画の時はもっと忙しく、たいへんだったそうである。彼は僕たちのエンジン組み立て研修の指導者で、工場を一緒に歩いているとあちこちから声をかけられ、その人望の高さがうかがわれた。

彼は我々の質問には何でも懇切に答えてくれたが、工場の一角に置かれた大型エンジンについて訊くと、詳しくは言えないと言った。それはアメリカの次期有人宇宙輸送システム・スペースシャトルの主エンジンで、当時開発が始まったばかりだった。開発が順調ではないことは日本でも新聞報道で知っていたが、こうして実物を見られるとは思いもよらなかった。トラブルで燃焼試験スタンドから戻ってきたらしいエンジンを囲んで、白衣を着たエンジニアたちが話していた。

彼らこそ、いま世界中から注目されているエンジンの開発エンジニアなのだ。僕は羨望の眼差しで彼らを見た。いつか僕もあのような開発エンジニアになりたい、あそこに自分の目標があるのだと胸を熱くした。

翌日から、まず全員に技術部のオーベルグ氏によるエンジン全体説明があった。

エンジンはＬＢ－３と呼ばれ、人工衛星打ち上げ用デルタロケットの第一段エンジンとして使われていて、働き者ゆえ、馬車馬《ワークホース》と呼ばれている。全高が三・三メートル、機体取り付け部の直径が一・七メートル、重さ約九四〇キログラムである。

使われている推進薬は燃料としてケロシン、酸化剤として液体酸素であり、推力は海面上で七七トン、真空中で約八八トンである。

ケロシンは家庭用の灯油と同じ燃料だが、ロケット用にはもちろん精製して使われる。液体酸素は空気中の酸素を液化して得られるが、製鉄の際大量に使われるため、どこの国でも容易に入手できるポピュラーな酸化剤である。

ロケットの推力は周囲の気圧で変わるため、オーベルグさんはわざわざ海面上と真空中と断ったのである。

オーベルグさんは次にエンジン系統図を映写し、燃料と酸化剤がどのように燃焼室に供給されるかを示した。系統図は僕たち小石川のエンジニアにも配布された。このような基本的資料は、さすがの三峰も開示を拒否できなかったようである。

ロケットエンジンはジェットエンジンと同じ噴射方式の推進機関だが、ジェットエンジンと違って連続した空気の流れがあるわけではなく、空気力学的に洗練しなければならないという大変さはない。簡単に言えば、推力を発生する燃焼室（推力室）と、それに燃料と酸化剤を供給する大きなポンプが主な要素である。ポンプは、これを駆動するタービンを含めてターボポンプと呼ばれる。このターボポンプのタービンを動かすガスをどのように作るかによって、いろいろなエンジンサイクルが考えられる。

ＬＢ－３エンジンは小さな燃焼器とも言えるガス発生器で、ポンプ出口から分岐したケロシンと液体酸素から低温の燃焼ガスを作るため、ガス発生器サイクルエンジンと呼ばれる。

この辺りの話を僕は常識として知っていた。大学で習ったというより入社後の仕事を通じて身につけたものである。しかし僕が入社した一九六八年当時、日本には液体ロケットエンジン技術はまだなく、適当な教科書も皆無だった。だいいち僕は小石川にとってロケットエンジンの第一期生ともいうべき社員だった。先輩たちは皆、ロケットエンジンをやる前に、ジェットエンジンや蒸気タービンなど、なんらかの別の仕事をしていた。

講義が終わって皆が部屋を出て行ったあと、僕はオーベルグさんに何か良い教科書はないかと聞いた。

彼は即答した。サットンの「ロケット・プロパルション・エレメント」がいいと。

やはりそうかと思った。日本でもその本の名は知っていた。会社の図書室から借りて時々拾い読みしていたが、英語ということもあり、通読するには時間がかかりそうで敬遠していた。

「ミスター佐藤、この本がベストだよ。アメリカでもロケットエンジンは戦後始まった新技術で、皆、手探りで開発してきた。ある程度開発が進んだところで、誰かが教科書を書く必要があるという話が持ち上がった。サットンは我々の同僚だが、自分たちの経験をもとに教科書としてまとめたんだ」

「サットンさんは、ここのエンジニアだったんですか？」

「そうだ。この教科書はアメリカでも圧倒的に支持されている。アメリカ航空宇宙学会はこの教科書をおおいに評価して、忙しい合間を縫って若いエンジニアのために執筆したサットンさんに感謝して一九五一年には第一回の『航空宇宙学会書籍賞』を贈っている。そもそも書籍賞は彼に贈るために作られたようなものなんだ」

「これを教科書として読み込む必要があるんですね？」

「そうだ。佐藤さん、アメリカのエンジニアも皆これで勉強している。君もロケットエンジン・エンジニアを目指すなら、これを精読すべきだ。摘読はダメ、通読しなさい！」

「分かりました。読みます！」

この時、僕の行くべき方向は決まった。


オーベルグさんの一般説明のあとは、各々の専門に分かれて研修を受けることになった。三峰の村山さんは燃焼試験スタンドのあるサンタスザンナに喜び勇んで出かけていった。それを見た僕は焦りと不安を覚えた。はたして燃焼試験の研修を受けられるのだろうか？

村山さんを恨むわけにはいかない。彼だって社命で燃焼試験技術を習得するために来ているのだから。


僕は長野さんと組んで工場の製造現場に向かった。東京からの返事が来るまで、長野さんの通訳をかねてロケットエンジンの製造設備と試験装置を勉強しておくつもりだった。

最初に案内された設備が、もう僕らにとっては初めて見るものだった。

地面深くに置かれたステンレス製の大きなバスタブのような容器の底に得体の知れない液が貯められ、その蒸気が地表すれすれまで充満して、周りには少し刺激臭が漂っていた。

「これがエンジン部品のクリーニング設備です」案内のサイトー氏が言った。

「クリーニング？　洗濯？」

僕が聞いた。

「そうです。洗うのです。日本語では〝洗浄〟という言葉がいいと思います」

日系二世のサイトーさんが、今度は日本語で答えてくれた。

「液体酸素を使うロケットエンジン部品では油脂分を完全に除かないといけないのです。少しでも残っていると、何らかの衝撃で小爆発《ポップ》を起こしてしまうのです」

「そのような経験があったんですか？」

「もう、何回も何回も痛い目に遭いました。初めのうちは何が原因か分かりませんでしたが、ある日誰かが脱脂洗浄してみたらと言うので、実行してみたらポップがぴたりと止まったんです」

すごい話である。液体酸素配管を脱脂洗浄するのは今では常識になっているが、その時の僕らはまだ知らなかった。

「この洗浄作業を、私たちは Liquid Oxygen（液体酸素）の頭文字をとって Lox、ロックス・クリーニングと呼んでいます。この言葉は、このあとたびたび出てきますので、よく覚えてください」

サイトーさんに言われるまでもなく、僕らはその言葉を肝に銘じた。

たった一日の工場実習で、もうこのような貴重な体験を聞くことができ、僕は満足だった。朝のうちの憂鬱な気分は吹き飛んでしまった。

このようなことはサットンの本には書いていない。製造に関する技術提携とは、こういうことなのだ。設計についてはいっさい教えないが、製造するためのノウハウはすべて開示するというわけである。

次いで案内されたのが〝ハイフロー〟と呼ばれる水を大量に流す設備である。この設備を説明する前に、僕はロケットエンジンの燃焼室の構造について触れなければならない。

燃焼室は燃料と酸化剤を混合、すなわち燃焼させて高温のガスを作る。ほとんどの燃焼室には、その後流部分に末広がりのノズルが着けられていて、ここを通るガスを加速する。この加速されたガスが推力を生むため、僕らはノズルと一体になっている燃焼室を〝推力室〟と呼んでいる。

推力室は二六二本のチューブで構成されていて、これらのチューブの中に燃料を流すことで、高温ガス側のチューブ壁面が冷却される。

推力室上部には、この推力室に燃料と酸化剤を噴射する噴射器と液体酸素ドームが組み付けられる。この噴射器と液体酸素ドームが組み付けられた状態のものを推力室と区別するため推力室組立と呼ぶ。

推力室はがらんどうの筒状で簡単な形状だが、噴射器はかなり複雑な構造をしている。燃料と液体酸素を細いオリフィス（小孔）を通して燃焼室に噴射するのだが、お互い噴射前に混合しないよう同心円状の別々のリングにオリフィスが開けられている。

液体酸素ドームは上から噴射器に液体酸素を流すための単純なドーム形をしていて、横向きに液体酸素入口が設けられている。


推力室と噴射器の製造が終わった段階で、チューブやオリフィスに詰まりや異常流体抵抗がないか、水を流して確かめる設備がハイフローである。設備そのものはプールに蓄えられている水をくみ上げて流すというもので、ポンプと配管、それに流量や圧力を計測する機器が付随しているにすぎない。設備は簡単なものだが、問題はその大きさである。

「このハイフローは毎分三万リットルまで流すことができる」

案内してくれたベール氏は、こともなげにそう言った。LB－3エンジンの流量は毎分一・二万リットルだから、日本でもこの程度のものを造ることになる。設備は計測室を含めて横五〇メートル縦四〇メートルの土地を占有していた。

「単純な設備のようですが、なぜこれほど大きくする必要があるんですか？」

「まずプールですが、推力室や噴射器から出た水がプールに戻る時に水面を激しく打ちます。この時プールが小さいと水の表面が大きく上下します。この水面の上下がポンプ入口圧力を変動させて安定な吸い込みができないのです」

「ポンプ出口から推力室を置く台までの直線配管もずいぶん長いんですね？」

長野さんも質問した。

「それは流量計の流れを整流された流れにするのに流量計入口直径の十倍くらいの長さの直線配管が必要だからです。なお流量計はキャリブレーション（較正）のため、同じラインに二個着けています」

較正とは計測機器の精度を確かめることを言う。

「インプレース・キャリブレーション（同一ライン較正）ですか？」

僕が聞いた。

「そうです。これほど大流量の流量計は取り外して流量計メーカーに送っても、すぐ較正してくれません。それで同じラインに二個設置して、お互いの計測値を比較して精度を確保するんです」

ベールさんが答えてくれた。

「弘一くん、こんなに広い土地、瑞穂工場にはないよ」

長野さんが唸った。

僕もそう思った。

米軍横田基地の隣にある瑞穂工場には初めのうち広大な土地があったが、ジェットエンジン用の設備投資が進むにつれて手狭になってきていた。

後に僕らは、ハイフローの設備投資を渋る経営陣と衝突することになる。

5

ある夜、オーベルグ夫妻が我々三人をレストランに招待してくれた。

「せっかくアメリカに来たんだからステーキを食べよう」

オーベルグさんが提案した。

「弘一さん、アメリカのステーキは美味しいわよ。家ではあまり脂肪の多い肉は食べられないけれど、ここでは特別そういう肉を食べることにしているんです」

奥さんのノーマが言った。

「家では食べないって、どうしてですか？」

「アメリカ人にとって肉は主食みたいなものなんです。毎晩食べる肉が霜降りでは、すぐ太ってしまいます。それで家では脂肪の少ない肉にしているんです」

なるほど、そういうことなのだ。


「お客様、肉はどういうカットにしますか？」

ウエートレスが聞いた。

カットとは肉のサイズを言うらしいが、僕らには分からなかった。

「ニューヨーク・カットにしなさい」

オーベルグさんがニヤニヤしながら言った。

運ばれてきたニューヨーク・カットのステーキを見て、僕らは絶句した。

でかい。とにかくでかいのだ！

前菜の多すぎる野菜サラダを頑張って食べてしまったあとでは、食べるまえからギブアップだった。

「弘一くん、君は若いんだから、全部食べなきゃだめだぞ」

長野さんが無責任に言う。

「これは半分も無理だな」

正樹さんもそう呟いた。

ステーキは美味しかったが、僕らは三分の一程度しか食べられなかった。

オーベルグ夫妻は何事もないようにペロリと平らげた。

「もう……君たちは小食なのね」

ノーマにそう笑われてしまった。

こんなに残してもったいないなあと思っていたら、ノーマが、

「ドギーバッグもらう？」と聞いた。

「ドギーバッグ？」

僕らにとって初めての言葉だった。

「そう犬用の紙袋だけど、それに残ったステーキを入れてくれるの。別に犬に食わせる必要はないけどね」と言いながらノーマがウエートレスに頼んでくれた。

ドギーバッグに包んでもらったステーキは僕らの朝食となったが、二、三日たっても半分もさばけなかった。

カノガパークにも鉄道は通っているが貨物用で、バスを含めて旅客用の公共交通手段はなく、僕らは車を借りた。

四年前に東名高速道路が全線開通し、日本のモータリゼーションは始まったばかりだった。従業員が千人近くいる僕らの田無工場の駐車場にも四、五十台のスペースがある程度で、それで足りていた。

僕も日産自動車に勤めている友人からタダ同然で譲ってもらったブルーバードを持っていたが、十年以上乗っている古い車で、よく故障した。故障しても駐車場に放置しておくと製造現場の友人たちが昼休みにレンチやドライバーを持ち出して直してくれた。


そのような自動車後進国からきた我々が、レンタカーとはいえ、いきなりアメリカの車を持ったのである。アメリカの車、アメ車は日本の若者の羨望の的だった。

我々はビュイックの中型車を借りた。オート・ドライブ、パワー・ステアリングの車は快適で、その運転にはすぐ慣れた。

慣れないのは右側通行を初めとする交通ルールで、ランチタイムには三峰のエンジニアたちともよく話題になった。

「この前丁字路で左折した時、うっかり反対側の車線に入って危なかった」

三峰の村山さんが言った。

これは他にも経験している人がいるらしく、俺もおれもという声が多かった。

「右折は常時ＯＫなの？」

誰かが言った。

「そうらしい。右折レーンの赤信号で待っていたら、後ろからプッとやられた」

正樹さんが言った。

「俺なんか危うく追突されるところだったよ」

また村山さんが言った。

「鉄道の踏切を通る時、一時停止しようとスピードを緩めたら後ろで急ブレーキの音がしてびっくりした。後ろの車は私が踏切で止まるなんて思いもよらなかったみたいで……」

滅多に列車が通らないアメリカでは、踏切の一時停止はいらないらしいということになった。

東京から僕のスケジュールに関する返事がくるまで、僕は長野さんが受けるエンジンの工場内試験研修を見学させてもらうことにした。

6

LB‐3エンジンでは、機体から流れてくる液体酸素はターボポンプの酸素側入口に入り、ポンプで圧力を上げられて、主液体酸素弁、液体酸素ドーム、噴射器を通って燃焼室に噴射される。燃料はターボポンプの燃料側入口に入り、ポンプで圧力を上げられて、主燃料弁、推力室、噴射器を通って燃焼室に噴射される。

僕たちはたまたま工場内にあったNASA向けエンジンの配管漏れ試験に立ち会った。研修だが、出荷するエンジンの作業に手を出すことはしない。初めの配管はエンジン・ニューマチック・コントロールから主液体酸素弁に行く窒素ガスラインである。

推力室燃料入口に装着される主燃料弁や、液体酸素ドーム入口に着けられる主液体酸素弁をはじめとして、このエンジンの弁はすべて高圧の窒素ガスで開閉される。エンジン・ニューマチック・コントロールというのは、調圧された窒素ガスをこれらの弁に供給するアルミニューム鋳物製の箱状の容器で、調圧器や窒素ガスをオン・オフする電磁弁で構成されている。

これらの電磁弁は、エンジン・リレー・ボックスに組み込まれたリレー回路でオン・オフされる。結局ロケットエンジンは、機体側からくる信号を受け、このリレー回路で自動的に順に各種の弁を開いていって起動する原動機と言える。

担当のメカニック（作業員）は工場内エンジン・コンソール（操作卓）とエンジン・ニューマチック・コントロールを蛇腹ホースで結び、エンジンに窒素ガスを供給して漏れ試験を始めた。

試験は加圧された主液体酸素弁の開側配管に、液体酸素とは反応しない特殊な石鹸液をかけて、目で確認しながら行う。

今回の場合、幸いにも（?）フィッテング（弁口金）と配管の間から小さな泡が出てきた。もちろん不合格である。メカニックは、さっそくこの配管をエンジンから外した。

弁入口フィッテングと配管に少しずれが見られた。

「うーん、この程度のずれでも漏れるのか」

長野さんが不安そうに言った。

「そうです。メタルタッチのフィッテングと配管なので、ほんのわずかなずれでも漏れます」メカニックが言った。

「パイプを曲げているショップにこれを持って行って直してもらってください」

僕らはパイプを持って、そのショップに向かった。

ショップではベテランらしいメカニックが治具に合わせ曲げを修正してくれた。その作業は実に丁寧だった。専用工具を使って管の曲がりを少しずつ修正するのだが、少し修正するとエンジンのところに戻り再度漏れ試験をする。決して力まかせにねじ込むようなことはせず、ダメな場合は何度でもやり直す。決められたことを愚直に黙々と実行する。僕はアメリカの製造現場作業者のワークマン・シップを見る思いがした。

「どこから来たの？」

彼が聞いた。

「日本から」

僕らは答えた。

「俺も日本に行ったことがあるよ」

「そう、日本のどこですか？」

長野さんが嬉しそうに聞いた。

「ホンコン」

アメリカ人の日本に対する理解は、まだその程度だったのである。


この作業を数回繰り返して漏れは止まった。

メカニックが手順書の漏れ試験欄にサインし、立ち会っていた検査員もサインした。

作業は細かく規定されている手順書に従って行われ、また常に検査員が立ち会っている。

二人とも一つの作業が終わるたびに、きちんとサインをして先に進む。


折よく様子を見るために寄ったオーベルグさんに僕は聞いた。

「作業手順書を作り、その通り作業する意味は分かりますが、検査員が常に立ち会う必要があるんですか？」

「そうだ、佐藤さん」

オーベルグさんが〝ここは大事なことを言うよ〟と表情を改めて言った。

「ロケットは失敗した時も現物を確認できないんだ。たいていは宇宙のかなたに飛んでいっているか、海の底に沈んでいるから。交通事故のように事故を起こした自動車を回収してきて調べることができない。調べられるのはその部品やエンジンがどのように造られたか、文書による記録を見ることだけなんだ。したがって私たちはすべての作業記録を詳細に残すことにした。また、その作業は必ず検査員に確認してもらうことにしたんだ」

「作業者だけの確認だけでは十分ではないのですね」

「そうだ、確認が済んだと勘違いしてサインする作業者もいるかもしれないから、二人で確認すれば精度が上がる。それと作業者には、製造作業で普段と違うことがあったら、必ず欄外に記録しておくように指示している」

「でもそのために、ひとつの作業に二人のマン・アワーがかかってしまうけど、それでもかまわないのかなあ?」

僕はため息をつきながら聞いた。

「構わないさ。失敗した時に原因を調べる手段がない方がつらい。マン・アワーが多くなってもそれはしかたがないことだと考えているよ」

「この方法は、製造だけではなく、他の作業でもしているんですか?」

僕は最後にもう一言質問した。

「すべてだ！　燃焼試験でも打ち上げ作業でも……。ひとつのロケットが打ち上げられるたびに膨大な文書の山が残るんだ」

僕はこれから自分たちで造るロケットの製造コストを考えると、気が遠くなる思いがした。ロケットは金がかかるのだと……。

7

僕は毎朝七時に起きると髭をそり、ロビーに降りて無料サービスのクッキーを頬張り、コーヒーを飲んで、あわただしくロケットダイナミクス・カノガ工場に出勤した。八時には日本プログラム・オフィスのウエスターベル氏が現れ、その日の作業を打ち合わせる。

第一週目、正樹さんは機械加工部品の製作実習、長野さんは工場内試験装置の操作実習とし、僕はとりあえず長野さんと一緒に行動することになった。

正樹さんが実際に旋盤を動かして部品を製作するわけではない。彼は加工方法を実見して、日本で製造する時の工程書（製作指導書）を書くための参考とするのである。加工の仕方を学ぶだけでなく、加工機械についても調べてメモを作るので、三人のなかでは一番忙しそうである。

四時半に作業が終わってホテルに戻っても、カリフォルニア州では時計を一時間進めたサマータイムを採用しているため太陽はまだ真上にある。

夏休みシーズンとあって、ホテルのプールではアメリカ北部の方から家族とともに来ている子供たちが大勢水遊びをしている。僕はさっそく水着に着替えて、その仲間に入れてもらった。さすがにこの時間に大人がプールに入ることは少ないので、僕はすぐ彼らと友達になることができた。

夕方、買い物や街の見物に出かけていた長野さんと正樹さんの二人が帰ってきてから、僕たちは連れだって夕食のためレストランに向かう。毎日ロケットダイナミクスの友人が教えてくれたレストランに行くのが楽しみだった。

そして夜、僕は一ページでもいいからサットンの本を読むことにした。

技術の専門書は日本語でも小説を読むようには進まない。一行一行に深い意味があり、思考を促す誘いが含まれているからだ。式の誘導もおろそかにできない。式を導いていくなかで、どのような原理が使われているか分かるし、文章で述べていない仮定が含まれているのを見つけることもある。したがって本の進み具合は遅くなるが、仕方ない。僕はそういう読み方をすることにしたのだから。

週末、東京の丸山さんからテレックスが入った。宇宙技術開発事業団の高島課長と課員の小栗副主任が、来週の月曜日にロケットダイナミクスに来るという。二人とも事業団エンジン・グループに所属し、エンジン開発を担当している。目的はロケットダイナミクスに対する表敬訪問と、僕らが受けている研修の状況視察だという。小栗さんとは初めてだが、高島さんは実は小石川の元社員であり、僕も一緒に仕事をしたことがある。

日本が宇宙開発に乗り出した一九六〇年代末、ロケット開発エンジニアは圧倒的に不足していた。政府はロケット開発を担当する民間企業から多くの出向者を受け入れ、宇宙技術開発事業団の陣容を整えていた。高島さんもそのようにして集められたエンジニアの一人で、出向前にジェットエンジンを開発していた経験を活かして、ロケットエンジン開発を行政側から担当することになっていた。

次の週の月曜日、二人はロケットダイナミクス・カノガ工場に現れた。僕らも応接室に呼ばれ、初対面（？）の挨拶をした。

ロケットダイナミクスのメンバーも相手が日本政府関係者ということで少し緊張しているように見えた。ロケットダイナミクスの広報パンフレットが配られ、クレイトンさんが会社概要を説明した。次いでLB－３エンジンの紹介フィルムが上映され、映写後にコーヒー・ブレイクとなった。


高島さんが改めて小栗さんを紹介してくれた。

「佐藤さん、こちらが小栗さん、今月一日事業団に入ってエンジン・グループ所属となった。よろしく頼みます」

「小栗邦弘です。よろしくお願いします」

小栗さんが丁寧に述べて深くお辞儀をした。僕もあわてて礼を返し、目を合わせた。

僕と同じ年頃に見え、若々しい顔には生気がみなぎっていて好感がもてた。

「事業団に来るまでは日本航空機製造でYS－11の開発をしていました」

「ええっ！　YS－11をやっていたんですか？　YS－11って北米や南米に売れていたじゃないですか、大丈夫なんですか、事業団に移って」

「そうなんですが、会社が赤字体質なので今年三月で生産終了したんです。それでどうしようかなと思っていたところに事業団からロケット開発部員として誘われたので、移ることにしたんです」

「出向ですか？」

「いえ、完全に退社してきました」

ここでも事業団の人集めの一端を見ることができる。


ＹＳ－11は戦後日本が初めて開発した旅客機で、ターボプロップエンジンの双発、旅客数六十人の中型機である。日本航空や全日本空輸が中距離路線の旅客機として採用しているほかに、国外の航空会社などでも使われていた。

初の定期運行から八年たち、順調に飛んでいる現在では、開発エンジニアの小栗さんも確かに無聊をかこっていたのかも知れない。


「佐藤さん、燃焼試験の研修を受ける件はもうすぐ結論が出るからね。国としても二社に勉強してもらわないと困る」

高島さんが小声で伝えてくれた。

僕は少し安堵して応接室を後にした。

翌日、長野さんとエンジン漏れ試験の研修を受けていると、ウエスターベルさんが僕を迎えにきた。事業団の高島さんたち二人がサンタスザンナ見学に出掛けるので、特別に僕を加えてくれることになったという。

僕は喜び勇んでウエスターベルさんについていった。工場の外では、ショージ・佐藤さんと高島さんたちが車に乗って待っていた。ウエスターベルさんが運転する車に乗り、僕らはサンタスザンナに向かった。

サンタスザンナ燃焼試験場はカノガ工場の四、五〇キロ東北の砂漠に位置し、カノガ工場からは三〇分くらいのドライブとなる。

片側四車線の市街地の道路が片側二車線に変わる辺りから人家はまばらとなり、左右は背の高い落葉樹がまばらに生えている草地となった。年に数日しか雨の降らない乾燥地帯で、草は一様に黄色味を帯びている。ところどころに柵で囲った牧場らしいものがあり、馬が放たれている。

「あれは馬の牧場なの？」

こんな草の状態では牧場が可能とは思えないので僕は聞いた。

「いや、ただの馬小屋で、広く囲っているのは馬の運動場だよ」

ウエスターベルさんが答えてくれた。

「馬？」

小栗さんも聞いた。

「そう馬。クオーターホースって知っているかな？　四分の一マイル、すなわちクオーター・マイルを走らせたら世界一速い馬なんだ。よく西部劇に使われている馬で、僕らも乗って遊ぶんだ」

ウエスターベルさんが言った。

「僕も馬を持っていて、週末には時々乗っているよ。佐藤さん、乗りにこない？」と誘ってくれた。

ロケットの勉強をしに来て馬に乗れるとは思わなかったが、喜んでお招きに預かることにした。

やがて道路も片側一車線となり、灌木が多い登り道となった。がっしりとした岩の間を縫っていくと、サンタスザンナ試験場の門が見えてきた。

訪問証の簡単なチェックを受けて中に入った。

「守衛がライフル銃を持っていたね」

小栗さんが呟いた。

そうなのだ。日本では、例えば防衛庁の仕事をしている僕らの会社でも、守衛が武器を携帯していることはあり得ない。日本とアメリカの国情の違いと言うべきか。


サンタスザンナでは、窪地状になっている大きな谷に面して、周りの岩山に多くの燃焼試験スタンドが建てられている。各々のスタンドエリアにはA、B、C……などと符号が付けられ、アルファ、ブラボー、チャーリー……と呼ばれている。

僕らはまず、テスト・エンジニアたちが控えている管理棟に向かい、そこでヨーネル氏をはじめとする数人のエンジニアに挨拶した。三峰重工の村山さんもそこにいた。早く僕もここに来たいのに、悔しい。

一休みしたのち、僕らはLB－3エンジン燃焼試験に使われているアルファ・スタンドに向かった。

スタンドは全体が骨組だけのやぐら状の建物で、谷に向かって岩壁に張り出している。

道路面と同じレベルの一階は、エンジンから出た噴煙が吸い込まれる直径六、七メートルの孔があいているだけの吹き抜けの空間になっている。吸い込まれた噴煙は地下で分厚い鉄製の偏向板にぶつかり、水平方向に曲げられ、谷に向かって勢いよく吹き出すことになる。もちろん普段は転落防止のため、一階の孔には蓋がかけられている。

二階では天井からエンジンが吊り下げられ、噴射器から上のターボポンプや主液体酸素弁、主燃料弁が床に立った作業者の目の前にあり、漏れチェックやその他の点検作業がしやすい構造となっている。ほとんどの準備作業がこの階で行われるため、二階はエンジンデッキとも呼ばれる。床はグレーチング（格子状スノコ）で出来ていて、万一爆発などがあった場合でも、爆風が吹き抜けるようになっている。

三階より上には、縦長の大きな液体酸素タンクと燃料タンクが上下に設置され、それらの供給配管、弁類が複雑に交差している。

また、最上階には背の高い避雷針がそびえている。

スタンドと道路を隔てた敷地には、プレハブの作業場と大きな水タンクが置かれている。

「これだけ大量の水は何に使うのですか？」

僕はテスト・エンジニアではないけれど、案内を買ってくれているウエスターベルさんに聞いてみた。

「偏向板の冷却に使います。燃焼試験が始まる前に、偏向板に無数に開けてある孔から水を勢いよく噴き出し、偏向板が焼けるのを防ぐのです。また、燃焼試験後に一階にも四方から消火ノズルで放水し、煙が上にあがってくるのを防いでいます」

「水タンクの位置が地上より高い位置にあるのは、重力を利用して放水するためですか？」

「いや、重力で流せる程度の流量ではないので、大型の電動ポンプを使います。試験中に一番電力を喰うのはこのポンプなのです」


地上からの見学を終えた僕たちは、エンジンデッキに上がった。

エンジンデッキには、今日これから試験される空軍向けのＬＢ－３エンジンが取り付けられていた。デッキから谷越しにブラボーやチャーリーのテストエリアが見え、ここは真に天然の燃焼試験場だと思った。谷の周りはすべてゴツゴツした岩山で一木一草も生えていない。人家からも遠く騒音問題とも無縁のようだ。日本にこんな土地があるだろうか？

「高島さん、日本でもこの程度の燃焼試験スタンドが必要になりますよ」

ショージ・佐藤さんが言った。

「そうですね。いま考えているところですが、やはり種子島しかないのかなと」

「種子島の土地はどうなのですか？　砂岩が多くて弱そうですね」

ショージ・佐藤さんが心配そうに訊ねた。

「基礎工事が大変かもしれないですね」

高島さんも不安そうである。


しばらくしてヨーネルさんをリーダーとする燃焼試験チームが現れ、準備作業を始めた。僕らはスタンドを降りて、七、八〇メートル離れた小高い丘に避難した。ここから谷越しに試験を見学しようというわけである。ここには半地下式のコントロール・ルームでのやりとりがスピーカーから流れてくる。


やがてスタンドの三階辺りから谷側に伸びたかなり太めの配管から、白い蒸気が出てきた。

「予冷却が始まった」

ウエスターベルさんが説明してくれた。

液体酸素は一気圧ではマイナス一八三度Cで蒸発するため、設備側の供給弁を開いても蒸発して、すぐにはエンジンに入っていかない。そのためエンジン入口直近から冷却弁を介して液体酸素を排出し、あらかじめ設備配管とエンジンを冷やすのである。

初めのうちは頼りないほどの蒸気の流れだったが、三〇分もすると勢いよく噴き出してくるようになった。

「もうそろそろです」

ウエスターベルさんが言った。

ヨーネルさんのてきぱきとした声がスピーカー越しに聞こえてくる。

「冷却弁閉」

「冷却弁閉」

手動で制御盤を操作しているメカニックの声だろうか、同じ言葉を復唱する。

「水供給弁開」

「水供給弁開」
一、二秒すると偏向板から大量の水が噴き上げてきて、その高さはスタンドの半ばまで達した。
「メインエンジン・スタート」

ヨーネルさんの力強い声が響いた。

「メインエンジン・スタート」

メカニックの声が重なる。

一瞬スタンドに薄紫色の閃光が走った。

ついで輝くようなオレンジ色の煙が、偏向板に曲げられて谷に向かって勢いよく噴き出した。

〝ドン、ガガーン、グオー〟

百雷のような音が四周に響き渡った。

僕は驚いて体を固くした。何なんだこれは！

〝グォー、バリバリバリ〟

衝撃波が発生しているのだろうか、噴出音に混じって破裂音も聞こえる。

顔の皮膚が痛い。空気が当たっている。

五五秒間の試験のはずなのに、長い。長い。

突然炎が消え、音がやんだ。

僕は息を吐き出し、小栗さんの方を振り返った。

驚愕の表情が生々しい。

ウエスターベルさんがニヤニヤしている。

「こんな音がするなんて、教えてくれなかったじゃないですか」

僕は彼をなじった。

「悪い、悪い……」と彼はしれっとしている。

「ロケットエンジンって、こんなにもすごいのか」

高島さんが唸った。

「これを手のうちに入れないといかんのだ。二人とも頼むぞ！」

「小栗さん、やりましょう」

僕は小栗さんの手を握った。

強く握り返した彼の手は震えていた。いや震えていたのは僕の手だったかもしれない。

8

その日から二日後、待ちに待った知らせが東京から届いた。小石川のエンジニアもエンジン組み立てと燃焼試験に参加させていい、と。

ウエスターベルさんと打ち合わせて、僕はまずカノガ工場でのエンジン組み立てを行い、出張の後半はサンタスザンナでの燃焼試験に参加することとした。

スミス職長が僕を、エンジン組み立て実習が行われている場所に案内してくれた。彼が組み立て研修の責任者で、実際の作業はメカニックのアレックスとハリーが担当した。研修作業のため、検査員はつかない。

僕の参加が遅れている間に三峰の山本さんが実習用エンジンをあらかた分解してしまったので、多くの部品がきれいにショップの机に並べられていた。

僕は改めて彼に挨拶して作業に入った。

横置きのエンジン組み立て台には、三角錐形のエンジン・フレームだけが取り付けられていた。

このフレームは三角錐の各稜線を直径約四センチメートルの鋼管で構成し、各鋼管は頂点で溶接されている構造で、三つの頂点がロケット機体に接続され、残り一つの頂点に推力室組立を取り付けられるようになっている。ターボポンプおよびその他のサブ組立品は三角錐の内部に装着されて、エンジン全体が完成することになる。


僕の作業は、ターボポンプをチェーンブロックで吊り上げて所定の位置にボルト留めすることからスタートした。ボルトを挿入してトルクレンチで締め付けるのだが、不慣れであまりうまく締め付けられない。

「佐藤さん、レンチの使い方が上手くないね」

山本さんが笑った。


そう、上手くないも何も、僕はトルクレンチを使うのは初めてなのだ。一般に日本の大企業は僕らのような大卒エンジニアに工場現場作業はさせない。現場には現場の教育と訓練があり、作業者は技能職としての矜持を持っている。会社で僕が組んだものが出荷されたら大問題となるだろう、訓練された者が組んでいないということで。

アレックスに手伝ってもらって、ターボポンプの組み付けが終わったところで昼休みとなった。

「コイチ、昼飯に行くぞ」

そうなのだ、僕はコイチなのだ。だいたい僕らの会社の名刺には長音のローマ字表記がないため「こういち」は「コイチ」となってしまう。

アレックスが運転して、ハリーを含めた三人で工場の近くのメキシコ料理店に向かった。

「いつもの三つとビール！」

アレックスが威勢よく叫ぶ。

「ビ、ビール？」

僕がどうしようかなと思っている間に、ビールの大ジョッキがドンと運ばれる。

「コイチ、乾杯！　今日から友達だからな。今日は俺のおごり」

エーイ、郷に入ったら郷に従えというじゃないか。僕も覚悟を決めて飲むことにしたが、

それにしても大きなジョッキだ。

チリビーンズとでもいうのだろうか、料理は牛ひき肉とうずら豆を甘辛く煮たもので、

表面にチーズが振りかけられていて美味しかった。食べ進むにつれ、底の方からお米が出てきたのには驚いた。

「どうだ、米も入っているし、日本人には合うと思うが」

アレックスが自慢の口髭をしごきながらニンマリしている。彼はメキシコ系アメリカ人で、ともかく陽気である。


職場に戻ると山本さんが待っていた。二人は赤い顔をして、飲んだのがすぐばれてしまうが、僕はあまり顔に出ないので助かった。

「佐藤さんも飲んだの？」

彼が聞いた。

「いえ、とんでもない」

僕は横の方を向いて返事をした。

向こうの方でスミスさんが渋い顔をしている。


午後は推力室組立を組み付けることになった。この部品がエンジンでは一番の大物で、将来僕ら小石川が造ることになっている。

組み付けるといっても装着される場所がエンジン・フレームの頂点一か所で、そこがジンバル（首振り）構造になっているため、長いボルトとナットで組み付けてもフラフラしていて固定されない。

ＬＢ‐３エンジンはロケットの第一段エンジンとして使われるので、機体のピッチ（縦方向）とヨー（横方向）コントロールのため推力室組立がジンバリングする。ジンバリングのためのピッチ、ヨー・アクチュエータ（駆動筒）は、ロケット発射場で機体担当会社によって取り付けられる。それまでエンジン・メーカーはアクチュエータ部分に棒状のダミー・アクチュエータを取り付けて推力室組立を固定しておくことになる。なお、ロケット機体のロール（回転）は小さいバーニアエンジン（副エンジン）を機体下部に二個取り付けて行われる。

フラフラする推力室組立を二本のダミー・アクチュエータで固定して、ようやく四人がかりで作業が終わった。

大物部品の組み付けが終わり、翌日からは手で持てる部品のみで、アレックスたちも余裕が出てきた。

「コイチ、おまえ競馬やるか？」

当時は日本でもハイセーコー・ブームで競馬が市民権を獲得したばかりである。

「もちろん！　今年の日本ダービーとったからね」

「それはよかった。ロスにもハリウッドパーク競馬場があって、毎週ではないが定期的にやっているよ、俺たちも時々行くんだ」

「馬券の買い方は同じなのかな？」

「たぶん同じと思う。ウインが一着の馬を当てる馬券、プレースが二着まで入ればいい馬券、ショーが三着まで入ればいい馬券だ。そのほかエグザクタといって、一着、二着の馬をその順に当てる馬券もある」

当時の日本にもウインとショーはあったが、プレースとエグザクタはなかった。逆に枠連というのはアメリカにはなさそうだった。

「今度の開催日を調べておくから一緒に行こう」と僕らがワーワーやっていると、

「君たちうるさい！」なんて山本さんが怒鳴る。

彼も研修を受ける側だが、いっぱしの職長気分である。

次の作業はターボポンプと推力室組立を結ぶ配管の接続だが、その前に推力室組立の液体酸素入口と燃料入口にそれぞれ主液体酸素弁、主燃料弁を取り付けなければならない。

液体酸素は極低温液体のため、弁接続面のシールに一般のゴム製パッキンを使うわけにはいかない。内部から圧力がかかると拡がるタイプの金属製のシールを使うのだが、シール表面には樹脂が塗布されていて、僕らは傷つけないよう慎重に取り付けた。

ターボポンプのポンプ出口からそれぞれの弁入口を結ぶ配管は、固定されているポンプ出口とジンバリングする弁入口をつなぐのだから、当然伸縮自在でなければならない。したがってこれらの配管には中途に蛇腹管が使われている。蛇腹管は傷つきやすいため、僕らは配管取り付け後、ここにプラスチックの保護カバーを巻いた。


ＬＢ－３エンジンのターボポンプは、酸素ポンプと燃料ポンプが一本の同じ軸で動かされる一軸式と呼ばれるタイプで、この軸は減速歯車を介してタービンによって駆動される。ターボポンプはロケットエンジンでは唯一と言っていい機構部品で、ポンプ羽根車、減速歯車、タービン・デスク、軸受などがその機能を果たせるよう組み立てられ、鋳物製の外殻の中に収められている。今回僕らはターボポンプの分解・組み立てまではしない。ただ一つの要素として扱うだけである。

タービンを駆動するガスは、ガス発生器でケロシンを液体酸素で燃やして作るが、無冷却のタービン羽根の溶損を防ぐため、低温ガスとなるよう酸素とケロシンの混合比が工夫されている。

僕らはガス発生器をタービン入口に組み付け、次いで酸素ポンプ出口とガス発生器酸素弁入口の間に細い液体酸素分岐管を、燃料ポンプ出口とガス発生器燃料弁入口の間に燃料分岐管を取り付けた。

これらの作業で液体酸素と燃料の主要な推進薬配管の組み立てが終了したので、残りは次週、第三週目の作業とした。


月曜日の朝、組み立てショップに顔を出したが、いつも先に来ているアレックスが見当たらない。山本さんに尋ねると、家で酒を飲んで寝ているはずだからとスミスさんが迎えに行っているという。

山本さんに言わせると、彼ら工場のメキシコ系メカニックは週給制なので、金曜日に給料をもらうと週末は飲んだくれて、月曜日の朝出てこないことが多いそうである。

飲んだくれでもマイノリティ雇用均等法があり、特に政府の仕事を多く受注している企業は彼らを雇わないといけない。「クビにすればいいんだ！」と山本さんは苦り切った表情で言うが、そんな問題ではないと思う。移民社会のアメリカはマイノリティとの共存なしには成り立たない。試行錯誤してベターな方法を模索しているのではないだろうか？

昼近くアレックスが現れた。悪びれた様子もなくケロッとしている。

これでいいのだ。アレックスらしいじゃないか！

彼は遅れを取り戻すように、組み立て作業をどんどん進める。腕は確かである。

まず大きな円筒型の液体酸素スタートタンクと燃料スタートタンクをエンジン・フレームの外に取り付ける。両スタートタンクは直径二〇センチで長さは一メートルほどあり、遠くから見るとエンジンが二本の丸太を縦に背負っているように見える。

このスタートタンクには、エンジン始動前にそれぞれ液体酸素、燃料が蓄えられる。これらの推進薬はスタート信号とともに加圧されて、始動する短い時間、ガス発生器に供給される。


スタートタンクからガス発生器に行く推進薬配管を接続してから、エンジン・ニューマチック・コントロールを取り付けた。ここからいろいろな弁に行くガスラインは四番、六番と呼ばれる一六分の四インチ、一六分の六インチのステンレス・スチールの管で、両端は弁側のフィッティングとメタルタッチのシーリングができるように末広がりになっている。

これらのラインは元々組み付けられていたものを外したのだから、すんなりと着きそうだが、ニューマチック・コントロールの位置がずれているのか、上手くいかない。その都度パイプ・ショップに持っていって曲げ直してもらうため、時間がかかる。

ガスラインの取り付けに結局二日間かかった。最後にエンジン・リレー・ボックスを取り付け、ニューマチック・コントロールとの間をケーブルハーネスでつないでエンジン組み立て作業は終了した。

ここから先は各ラインの漏れ試験と弁の作動を含む機能試験になるが、こちらの作業は長野さんに任せて、僕は次の日からサンタスザンナに行くことにした。

9

二週間前に高島さんたちと一緒に登ったサンタスザンナへの山道を今日から一人で登ることになり、僕は高揚していた。これから短い期間かもしれないが、液体ロケットエンジンを実際に学べるのだと。

管理棟でヨーネルさんをはじめとするテスト・エンジニアたちに改めて挨拶し、これからの指導をお願いした。

「ミスター佐藤、君のことは聞いている。学びたい人がいるなんて光栄だ。ただし私たちスモーク・アンド・ファイアーの人間は特別に講義したりはしない。私のそばについていて、私たちの作業から学んでほしい」

「分かりました。作業のじゃまにならないよう注意しますから、よろしくお願いします」

「うん、それから聞きたいことあったら、いつでもＯＫだからね」

ヨーネルさんは経験豊かな、サンタスザンナの主のようなエンジニアである。親分肌のリーダーだが、アメリカ人には珍しく五分刈りにした坊主頭が、彼のリーダーシップをさらに強調している。

カノガパークのエンジニアたちが設計や解析をしているのに対して、ここのエンジニアたちは実際にエンジンに火を入れる危険な燃焼試験を行っている。ロケットダイナミクスでは他のエンジニアたちと区別するため、彼らをテスト・エンジニアと呼んでいる。

ヨーネルさんたちは、小難しいことは知らない、だが火焔を浴びる場所で仕事をしているという誇りを誇示するように、自分たちを〝スモーク・アンド・ファイアーの男〟と呼んでいる。

与えられた部屋に落ち着いて同室の村山さんと雑談していると、ヨーネルさんが迎えにきた。液体酸素を積んだタンクローリーが到着したので、今から貯蔵タンクに入れると言う。

僕たちは各自の車で四、五〇〇メートル離れているアルファ・スタンドに向かった。帰りがどうなるか分からないので、ここでは自分の車で動くようにということだった。

液体酸素貯蔵タンクはアルファ・スタンドと道路を隔てた広場にある。作業に入る前にヨーネルさんが作業場で四、五人のグループ員たちに紹介してくれた。リーダーはマイケルといい、がっしりとした体格の偉丈夫である。

「コイチ、外に出る時には、このヘルメットとメガネを忘れないように」

そう言うと僕にヘルメットとプラスチックの防塵メガネを渡してくれた。

例によってここでも手順書に従って、タンクローリーから液体酸素を貯蔵タンクに移す。マイケルの指示で、メカニックがタンク前の制御盤で弁を開閉する。

先日見たように弁を開けても、液体酸素はすんなりと入っていかない。どれくらいの量なのだろう、日本ではあり得ないような大きさのタンクローリーである。結局、午前中いっぱいかけて作業を終えた。

それを見計らったように弁当売りの若い女性の車がアルファ・エリアに登ってきた。周りが一瞬華やかになる。サンタスザンナに女性はいない。僕らはワイワイ言いながらそれぞれ好みのハンバーガーやホットドッグなどを買って作業場に戻った。

戻ると同時にテーブルが屋外の日陰に持ち出され、昼食を食べながらカードが始まった。ゲームは簡単なツーテンジャックだが、皆、食事そっちのけで熱くなっている。

ヨーネルさんの昼食には驚いた。主食はニンジンである。彼は紙袋から出した細いニンジンに口広の大きな瓶に入れたマヨネーズをつけてポリポリかじっている。

「彼の昼食はあれだけ？」

僕はゲームに加わっていないマイケルに聞いた。

「そう、あれだけ」

「毎日？」

「そう、毎日」

ウーン、そういうところも彼のカリスマ性を際立たせているのかと僕は思った。

午後、管理棟の部屋で休んでいると、ヨーネルさんが書類を抱えてやってきた。

「佐藤さん、これがここの手順書。よく勉強してください」

見ると先ほどの酸素移送作業だけでなく、すべての作業手順書が含まれている。これが、三峰が小石川に渡したくないと拒んでいた技術資料なのだ。

「ありがとうございます。これがあれば燃焼試験作業をよりよく理解できると思います」

「そう、私もこの方がいいと思う。渡さなくてもいいという意見もあったが、それでは十分な教育にならないと私は反対したんだ」

「お力添えを感謝します。研修の成果が出るよう頑張ります」

僕は彼の手を強く握った。

「日本の昔の方法とは違うかもしれないけどね」

「えっ！」

「よく言うじゃないか、〝師匠の技術は盗め〟と」

ヨーネルさんからこんな言葉を聞くとは思わなかった。

「そうですね、昔の職人や匠は書いたものでも、言葉でも教えてくれなかった。ただ師の動きを見て会得せよと」

「禅なんかその典型だね」

「ヨーネルさん、禅をやるんですか？」

「うん、少しね」

彼は照れ臭そうに微笑んだ。

アメリカの岩山のなかでこのような仙人に会えるとは思いもよらなかった。坊主頭は伊達ではなかったのだ。


二日後、NASA向けのエンジンがカノガパークから送られてきた。

僕はヨーネルさんの許可を得てスタンドへの取り付け作業を見ることにした。

エンジンはトラックの荷台に横向きに置かれている。これをどのようにしてスタンドに垂直に取り付けるのか、手順書を読んでもよく分からない。


初めにトラックをスタンドに横づけにする。エンジン・フレームの頭部と推力室組立の真ん中にスリングをかけて、スタンドの三階から伸ばした二つのクレーンで水平にエンジンを吊り上げた。トラックをどけてからどうするのかなと思っていると、なんとその場でエンジンを回し始めた。

作業はマイケルの指示で慎重に行われる。頭部のスリングを引き上げると同時に推力室のスリングを少しずつ伸ばしていく。ゆっくりではあるが、エンジンは徐々に頭を起こしていく。エンジンがブラブラして僕は怖かったが、メカニックたちは落ち着いて作業している。上手いものである。ほんの十分ほどでエンジンは垂直状態に吊り下げられた。

次にスタンドのエンジンデッキの一部が地上階のレールの上を滑って前に出てきた。エンジンとぶつかりそうな床のグレーチングは抜かれている。これに三本の柱を立ててエンジン・フレームを固定する。エンジンデッキを元に戻すと、エンジンがスタンド中央にキチッとおさまった。見てみないと分からないというお手本のような仕事である。

エンジンデッキにグレーチングを敷いて、エンジンをスタンドに取り付ける作業にかかった。もちろんエンジン・フレームの頭部の三つの頂点をスタンドのがっしりした鉄骨の梁につなぐのだが、つなぐポイントにかなり分厚いロードセル（荷重変換器）を挟む。このロードセルにはひずみゲージが貼り付けられている。推力を測るためのものだ。物は力を加えると変形する。このわずかな変形（ひずみ）を電気抵抗に変えて取り出し推力を測定するのである。推力の較正は明日にして、メカニックたちは熱交換器の組み付けにかかった。

この熱交換器はれっきとしたエンジン部品だが、形状が太く長い円管で、かつエンジン外部に大きく張り出しているため、輸送する時は外している。このため燃焼試験の時はスタンドで、打ち上げの時は発射場で取り付けることにしている。熱交換器は液体酸素ポンプ出口配管から分岐した酸素をタービン排出ガスと熱交換させる機器で、ここでガス化した酸素はロケット本体の酸素タンクを加圧する。熱交換器を出たタービン排出ガスは下向きに噴出されるため、少しは推力を生む。

熱交換器フランジをタービン出口フランジに取り付けるため数十個のボルト、ナットで締め付けるのだが、少しコツが要る。

「コイチ、これらのボルト、ナットを順に締めていってはいけないよ。必ず対角線にあるのを交互に締めるんだ」

マイケルが説明してくれる。それは僕でも知っている。前に瑞穂工場で同じようなサイズのフランジ・ボルトを順に締めていったら、最後のボルトのところで最初のボルトがガタガタになってしまったことがあったから。

熱交換器が終わって、液体酸素の設備側の配管フランジとターボポンプ酸素側入口フランジをつなぐ。フランジの間に内圧拡大型の金属製シールを挟むのは、エンジン弁を取り付ける際と同じである。設備側配管には低温になった時の縮みしろを考えて、蛇腹部が数か所にある。燃料側も同様に取り付けた。

次にエンジン予冷却ラインをターボポンプ出口に接続した。予冷却ラインは設備側にも、もう一本ある。両方ともコントロール・ルームから遠隔で操作できる。

最後に、エンジンデッキにあるコンソールからエンジン・ニューマチック・コントロールに蛇腹ホースを、エンジン・リレー・ボックスに電気信号ラインをつないでエンジン取り付け作業は終わった。

次週は計測の配線作業である。

エンジン燃焼スタンドで最も大事な計測は推力と流量である。推力の測定は先に述べたようにロードセルを使って行うが、正しい力が測定されているかどうかを確かめる較正は、試験前にスタンドで実際にロードセルに油圧で力を加えて行った。また流量の較正は、ハイフローのところで述べたように直列に置いた二個の流量計の数値を比較することで行うため、スタンドでの作業は特にない。

ロードセルの較正後、エンジン各部に圧力センサーと温度センサーを取り付けた。取り付けたところからの漏れがないことを確認するため、エンジン全体にある程度の圧力をかける必要がある。推力室の一番狭くなっているところをスロートと呼ぶが、ここに推力室出口から大きなスロート・プラグ（栓）を差し込み、エンジン全体を気密とし、漏れ試験を行った。圧力と温度の較正は、較正用標準圧力計と標準温度計を比較して行う。

圧力較正を終えてスロート・プラグを外しているところにヨーネルさんが現れた。

「佐藤さん、私はこのエンジンの設計者は頭がクリアーだと思う」

僕が〝どうして？〟というような顔をすると、

「まず全体に余裕があり、主要部品の配置のバランスがいい。どこからも手が入るのは、我々スタンド作業者にとっては非常にありがたい」

なるほど、そう言われればほとんどの部品が目に見える範囲にあり確かに作業しやすい。

「作業者泣かせのエンジンはありますか？」

「ほとんどのエンジンがそうだ。設計者は我々のことをあんまり考えてくれない。特にH-1エンジンは大嫌いだ！」

「えっ！　あのサターン1B用の？」

「そうだ、ただただ小さくしようとして詰め込み過ぎて標準工具では整備ができない！」

意外だった。H-1エンジンはほとんどこのLB-3エンジンの部品を使い、わずか四ヶ月で造りあげたロケットダイナミクス自慢のエンジンで、今でも数あるエンジンを押しのけてカノガ工場の受付ロビーに飾ってあるのに……。


その他にターボポンプ回転数、エンジン加速度、弁の位置を示す信号を合わせると全体で一〇〇チャンネル近い計測数となる。このため、これら計測計の取り付け、較正、調整にたっぷり二日ほどかかった。


翌日、燃料のケロシンを貯蔵タンクからスタンドの燃料タンクに移送した。スタンドのタンクは試験の時だけ使用されるため、ランタンクとも呼ばれる。したがってランタンクの容量は貯蔵タンクに比べて小さく、せいぜい試験一回分程度に過ぎない。

液体酸素の移送は試験当日の午前中に行うため、今日のスタンド作業はもうない。僕は良い機会とばかりコントロール・ルームの見学にあてた。

コントロール・ルームはスタンドから四、五〇メートル離れた道路沿いにあり、半地下式の構造である。建物前面には小さな厚いガラス窓が着けられ、スタンドがよく見える。

窓に対して直角に制御盤が置かれ、メカニックが手動でスタンドの弁類を動かせるようになっている。窓と反対側の壁には各種オシログラフ（電気信号の波形を観測する装置）が掛けられ、部屋の奥にはアンプ類がぎっしりと詰まっている。

部屋は思ったよりも狭い。試験日にはここにカノガパークからプロジェクト担当者や性能解析担当者が集まるため、かなり混雑するそうだが、僕は彼らの邪魔をしてはならない。


第四週目の木曜日は、僕にとって初めての燃焼試験日である。

朝のうち僕は、マイケルについてスタンド作業を見ることにした。

作業は時間のかかる液体酸素の貯蔵タンクからスタンドのランタンクへの移送から始まった。圧力がランタンクに籠らないよう、まず、頭部にあるタンク排気弁を開いてから移送弁を開いた。液体酸素は蒸発して、なかなかランタンクに入っていかない。マイケルらは排気弁を開けたままでスタンドの別の作業にかかった。

メカニックの一人がエンジンデッキのコンソールからエンジン・ニューマチック・コン

トロールに調圧した窒素ガスを供給した。これによりエンジンの弁類は動ける状態になったわけである。また、他のメカニックはエンジン配管の蛇腹管を保護しているカバーを外して、プレハブの作業場に運んだ。

このような作業をしている間に液体酸素の移送が終了したため移送弁を閉じてエンジンの予冷却に移る。液体酸素供給弁を開いてランタンクからエンジンへの液体酸素の供給を始める。液体酸素が入りやすいように設備側とエンジン側の予冷却弁を開いている。

次にマイケルが毛皮製の分厚い防護服を着て、ガス発生器の固体イグナイター（点火器）と推力室の液体点火薬入りのカートリッジを取り付けた。この作業は危険だが、ヨーネルさんの許可を得て僕も防護服を着用して見ることができた。

エンジン予冷却が進んできたため、エンジン取り付け時に動かしたのと同じエンジンデッキの一部をスタンド前に移動させた。この時噴煙が吸い込まれる排出孔の蓋も同じレール上を同時に動かされるため、スタンド真下に大きな口が現れた。

最後に、映写機をセットし、スタンドの警報灯を赤色に変え、道路ブロックを設置してコントロール・ルームに避退した。

コントロール・ルームに入ると、カノガパークから来たオーベルグさんがいた。このエンジンの性能解析担当エンジニアとして試験のたびにサンタスザンナに登ってくるらしい。

「佐藤さん、相変わらず細いな。ちゃんと肉を食べているか？」

僕はさっそくからかわれた。

「食べていますよ。だけどそんなにすぐ太らないですよ」

僕は口をとがらせた。

「そうか、すぐ帰らないで、あと半年もいたらいい体になるぞ」

周りのエンジニアたちもニヤニヤして聞いている。

「ところで、スタンドでは何をしてきた？」

「推力室の液体カートリッジを取り付けてきたんですが、あれは何ですか？」

僕は中身に興味があったので聞いてみた。

「ああ、あれね。あのカートリッジの中には酸素に触れるとすぐ発火する液体が入っている。エンジンスタート時にスタートタンクから燃料が流れてくるとカートリッジの膜が破れて発火液が噴射器を通り推力室に入っていく」

「一番初めに見える薄紫色の噴煙はこれだったんですね」

「そうだ、相手の液体酸素は主液体酸素弁が開くと自然落下で噴射器を通って推力室に入ってきている。そこで火がつくわけだ」

サットンの本に書いてある通り、やはり主液体酸素弁がまず開くのだ。

「その次に主燃料弁が開くのですね？」

「その前にガス発生器の弁が開かないと。このガス発生器の推進薬はスタートタンクから供給される」

これで僕は分かった！

エンジンスタート信号とともにまずスタートタンクが加圧され、同時に主液体酸素弁が開く。小さな着火用の炎が推力室にある間にガス発生器が始動し、主燃料弁が開く。

なんとタイミング良くオーベルグさんが現れてくれたことか。


今日のヨーネルさんは忙しそうである。手順書を読み上げながら、制御盤に向かって立っているメカニックに次々と指示を与えている。

マイケルたちは控室で昼食をとっている。今日はカードはなしだ。


液体酸素供給弁が開かれて、ランタンクからエンジンへの液体酸素の供給が続いている。予冷却弁の出口から液体酸素の蒸気が立ち昇り、スタンドの外に流れていく。

エンジンを冷却している間に計測エンジジニアたちがオシログラフその他の計測機器のセットアップを急いでいる。

予冷却弁からの蒸気の色が濃くなった。一部液体酸素も含まれてきているようだ。ヨーネルさんがエンジン入口の液体酸素温度をモニターしているエンジニアに入口温度を聞いている。

ヨーネルさんが淡々と最後の手順を読み上げる。

「予冷却弁閉」

「予冷却弁閉」

メカニックが復唱して制御盤のボタンを押す。

スタンドの外に流れていた酸素蒸気が消えた。

「映写機オン」

「映写機オン」

「水供給弁開」

「水供給弁開」

偏向板から水が大量に噴き上がる。
「メインエンジン・スタート」
「メインエンジン・スタート」
メカニックがスタート・ボタンを押した。
ピカッとスタンドが光り、続いてオレンジ色の明るい噴煙が谷に向かって飛び出した。
〝ボン、ゴゴーン、グオー〟
部屋の中にくぐもった騒音が伝わってきた。
僕はちらっと部屋の中をうかがった。
スタンドを見ているのは制御盤についているメカニックだけである。
あとは思い思いにオシログラフをモニターしている。
〝グオー、ビリビリビリ〟
部屋の中にいても圧倒的な音である。

ヨーネルさんは時計を見ている。タイマーになっていないらしい。

やがて、

「メインエンジン・カットオフ」

ヨーネルさんの声が響き渡った。

「メインエンジン・カットオフ」

メカニックがカットオフ・ボタンを押した。

スタンドの炎が消え、部屋に静寂が戻った。

オーベルグさんが〝どうだった？〟というような顔をして僕を見た。僕は驚きを隠さず、肩をすくめた。

「酸素ランタンク排気弁開」

「燃料ランタンク排気弁開」

ランタンクの圧力を抜くらしい。

「酸素供給弁閉」

「燃料供給弁閉」

ランタンクとエンジンの間の推進薬ラインが閉じられた。

「映写機オフ」

「水供給弁閉」

スタンドの水煙が消えた。

同時に部屋の人々が急に慌ただしく動きだした。計測エンジニアがオシログラフからオシロペーパーを取り出して床に広げた。

ヨーネルさんがかがみこんで、弁のシーケンスを記録しているペーパーを読み、結果を手順書に書き込んでいる。

「佐藤さん、ここを読んで！」

エンジンの主液体酸素弁などの開信号と、実際に弁が動いて開となったタイミングが一本の線で表示されている。僕は横軸の目盛を頼りにタイミングを読んでヨーネルさんの結果と比べた。すべて一致している。

僕はこの作業に二〇分もかけてしまったが、さっきヨーネルさんは二分くらいで終えたはず。

「ヨーネルさん、終わりました。全部合っています」

「グッド、それでは次にランタンクの酸素を捨てるよ」

「えっ！　残った酸素を捨てるんですか？」

「そう、試験初めにランタンクは窒素ガスで加圧しているからね。タンクの上の液体酸素にはだいぶ窒素が溶け込んでいるはずだから捨てるんだ」

そうなのだ。エンジンが起動してしまうと、タンクはエンジン熱交換器からくる酸素ガスで加圧されるが、それまではスタンドから供給される窒素ガスを使う。

「窒素がそんなに影響するのかなあ」と呟いていると、オーベルグさんが割り込んできた。

「そう、かなり影響するね。窒素が何パーセント溶け込んだら、推力が何パーセント落ちるかというデータがあるから、カノガパークで見せてあげる」

僕は彼に感謝した。ロケットダイナミクスのエンジニアは皆親切である。世界一のロケットエンジン・メーカーで仕事をしているという自負心がそうさせているのだろうか？

彼は今の試験結果を記録したテープを抱えてカノガパークに帰って行った。


「酸素ダンプ弁開」

「酸素ダンプ弁開」

メカニックが操作ボタンを押す。

スタンドの底の方から大量の液体酸素が放出された。しかし連続放出はしない。数秒出しては止める。その繰り返しで少しずつ捨てていく。

ヨーネルさんによると、NASAのマーシャル・スペース・フライト・センターで大量の液体酸素を一気に捨てていたら、近くを走っている車が突然燃えだす事故があったという。酸素を大量に含んだ水蒸気に車が包まれたら危険なのである。

ランタンクから酸素がなくなったことが確認され、スタンドに戻れる状態になった。

マイケルから声がかかる。

「コイチ、行くぞ」

僕らはピックアップ・トラック（無蓋小型トラック）に乗ってスタンドに向かった。警報灯を黄色にし、引き出したエンジンデッキの一部を元にもどしてスタンドに上がった。

なんとなく物が焦げたような臭いがする。エンジン配管の蛇腹管にカバーをかけ、空になった固体イグナイターと液体カートリッジを外した。

これで今日の作業は終わった。

これが液体ロケットエンジンの燃焼試験なのだ。たった一日で、なんといろいろなことを経験したことだろう。ここにいる間、このような試験をもう二、三回は経験できるはずだ。僕は期待に胸を膨らませて山を降りた。

　翌日の金曜日、山の上サンタスザンナでは特に作業の予定はない。僕はヨーネルさんのオフィスに挨拶に行った。この日は作業がないせいか、皆リラックスしている。

「おはようございます。今日は特別な作業はないですよね？」

「おはよう、佐藤さん！　そう、今日は何もない。いまごろカノガパークではニック（オーベルグ）がコンピュータを使って性能解析していると思う。その結果では燃料ラインのオリフィスを換える。それがあっても作業は月曜日だ」

「オリフィスを換えるんですか？」

「そう、解析の結果エンジンの酸素と燃料の混合比がずれている時に換える。換えた時には再現性を見るため、同じ条件で二回燃焼試験をする」

　オリフィス交換作業も見たいし、燃焼試験も数多く見たいので、不謹慎ながら混合比がずれていてくれればいいなと僕は思った。

　ヨーネルさんたちの管理棟を出て、僕はマイケルたちのいる作業場に向かった。

彼らも今日はのんびりしている。

「コイチ、偏向板を見にいくか？」

「はい、ぜひ見せてください」

試験翌日には偏向板に損傷がないか目でチェックすることになっている。僕とマイケルはスタンド横の階段を偏向板に沿って降りていった。偏向板は分厚い鉄の二重壁構造になっていて、ゆるくカーブした表面には無数の小さな孔が開いている。この小孔から水を勢いよく噴き出し、燃焼ガスが直接鉄板の表面に触れるのを防いでいる。

小孔が詰まると、その周りが焼けたりえぐられたりする。いわゆる〝焼損〟である。

「焼損したらどうするんですか？」

僕はマイケルに聞いた。

「なに、簡単さ！　その隣にもう一個別の孔を開けるのさ」

なるほど！　それでいいわけだ。


午後、部屋の片づけをし、早めに山を下りて久しぶりにカノガ工場に向かった。パーキングエリアに駐車して工場の方を眺めると、先週にはなかった黒っぽいオブジェが置いてある。近づいてオフィスに通じる入口から入ろうとしてぎくりとした。

オブジェじゃない！
なんと若い黒人女性なのだ。
ミニスカートからすらりと伸びた脚が長すぎる。
僕はどぎまぎして、それでも笑顔を作って「ハーイ！」と挨拶した。
彼女も「ハーイ」と返してくれた。可愛い。
オフィスでは長野さんと正樹さんが帰り仕度をしていた。
「入口の黒人女性見た？」
僕が聞いた。
「見た。かっこいいよね。モデルみたい」長野さんが言った。
僕は黒人女性を意識したことはなかったが、認識を改めなくては。
彼女らは一様に脚が長く、胴がくびれていて美しい。

10

三人でつれだってオフィスを出た。肉食にはあきたので、今夜は正樹さんがごはんを炊いてくれることになった。スーパーでお米を買って僕が運転してホテルに向かった。

すると突然、長野さんが叫んだ。

「弘一くん、あれを」

彼が指さす先に、車高のたかい自転車に乗った少女がストレートの髪を風になびかせて走っている。驚いたのはその格好だ。こぼれ落ちそうな乳房を申しわけ程度の白い布で覆って、短すぎるホットパンツをはいて、しかも裸足である。

「モデルが水着で走っているようなものだね」

正樹さんが言った。

うーん、西海岸は太陽も女も眩しぃ！


ホテルに着くと正樹さんがさっそくお米をといで、鍋を電気コンロにかけた。

「弘一くん、カリフォルニアには難しい漢字が残っているんだね。これ〝うるち米〟と読むんだ」

長野さんが言った。

お米のビニール袋には〝糯米〟と書いてある。

雑談しながら、豆腐を切ったり缶詰を開けたりしていたら、やがてお米が炊けた。

「あれ、なんだこれは！」

正樹さんが素っ頓狂な声をあげた。ご飯が炊けていない。グジャグジャなうえに芯が残っている。

「おかしいなあ、キチンと測って水を入れたのに」

正樹さんが首をかしげている。

「これほんとうにうるち米なの？」僕は念のため持ってきていた和英辞典をひいた。なんとうるち米は〝粳米〟と書く。

「これ、もち米かも」そう言ってもち米を調べると〝糯米〟とある。ああ、僕らはアメリカまで来て、漢字を読み間違ってしまったのだ。もち米は餅米と書くと文句を言っても始まらない。日系人は昔の漢字を大事に使っているのだ。そう言えばたまにサイトーさんが持ってきてくれる「羅府新報」にも読めない漢字が一杯ある。

第五週の月曜日、僕はまずカノガ工場のオフィスに行った。オフィスではウエスターベルさんと見知らぬエンジニアが待っていた。ウエスターベルさんが彼を紹介してくれた。

「佐藤さん、こちらミスター・リチャード・レービン、推力室担当のエンジニアです」

僕は日本人としては長身の方だが、彼は僕より七、八センチ背が高そうである。そのうえ肩や腕回りの筋肉が盛り上がっていてプロレスラーのよう。

「佐藤弘一です、よろしくお願いします」僕は彼の手を強く握った。

「ディック・レービンです。よろしく」

アメリカ人は普段正式名を使わず、短縮名を使うことが多い。彼は僕らが造る推力室の製造担当エンジニアとして、こののち頻繁に日本に来ることになる。

「佐藤さん、オーベルグさんによると先週試験したエンジンは混合比がずれているから燃料オリフィスを換えるそうだ」ウエスターベルさんが言った。

僕は秘かに喜んだ。

「それで今日はオリフィス交換、明日燃焼試験というスケジュールになった。そこで水曜日にディック（レービン）と一緒に推力室チューブの成型業者のところに行ってほしい」

「チューブ成型はカノガ工場では行っていない、外注しているので見に行こう」

レービンさんが言った。

「チューブ成型は私の担当だが、弘一さんも見た方がいいとウエスターベルさんに言ったら、スケジュールを調整してくれたんだ」

正樹さんが言った。

僕は皆に感謝すると、オリフィス交換を見るため、急いでサンタスザンナに向かった。

サンタスザンナでは、マイケルが僕の到着を待っていた。

交換用のオリフィスを持って、僕らはエンジンデッキに上がっていった。マイケルがコンソールからメカニックに燃料ターボポンプ出口ラインに窒素ガスを供給するよう指示する。ゴミが入らないよう内側から少し圧力をかけておくためである。このようにしておいて、オリフィスを固定しているフランジのボルトを外していく。オリフィスを外す時に両側の金属製シールを落とさないよう注意する。オリフィス下流の燃料ラインには二つの蛇腹管が入っているため、思ったより簡単に外すことができた。

交換用オリフィスを慎重に挿入してボルトで留め、作業はあっけなく終わった。

僕にとって二回目の燃焼試験は多少踏み込んだ研修となった。今回は初めからコントロール・ルームに詰めてオーベルグさんとともに試験を見守った。試験について彼からいろいろと聞くことができた。

「オーベルグさん、エンジンは何回試験するんですか？」

「エンジン燃焼試験は普通五五秒のテストを二回行う。今日のようにオリフィスを換えた時にはさらにもう一度行う。ロケットエンジンは推力室の寿命の関係でそんなに試験ができきない」

「推力室の寿命？」

「そう、ロケットエンジンは一回燃焼試験をするとスロート付近の推力室チューブの高温ガス側に目に見えない程度のクラック（亀裂）が出来る。そのクラックが燃焼試験回数を重ねるごとに伸展していくので、あまり試験したくない」

「何回も試験したことがあるんですか？」

「不具合があって四、五回試験したことがある。開発中なら同じエンジンで一〇回以上試験することはあるが、フライト（飛行）に使うエンジンはそんなことはしない。七、八回も燃焼試験したエンジンは誰も使いたがらないから博物館行きだね」

ほんの四、五回しか使えないエンジンがこの世の中にあるというのは驚きである。軽量化のためやむを得ない設計とはいえ、ロケットエンジンとはかくも異質な原動機なのだ。


燃焼試験結果のオシロペーパーを示しながらオーベルグさんがエンジン始動時の燃焼圧力について説明してくれる。

「佐藤さん、主液体酸素弁を開いても燃焼圧力はすぐには立ち上がらない。本当に立ち上がるのは主燃料弁を開いてからというのが分かると思う」

「そうですね。それにしても二秒くらいで一〇〇パーセントの燃焼圧力になってしまうなんてすごいですね」

スタンドから聞こえてくる〝ゴゴーン〞という音の正体はこれだったのだ。

「一〇〇パーセントになる前、九〇パーセントのところに圧力スイッチがあり、これが九〇パーセントを感知すると機体側に〝エンジンが起動した〞という信号が伝わる」

「その信号を機体側は何に使うのですか？」

「固体補助ロケットの点火信号に使う。この信号が来て、初めて固体補助ロケットに点火される」

固体補助ロケットを着けているロケットは一段エンジンが一〇〇パーセントの推力を出しても、すぐ発射台を離れて上昇するわけではない。一段エンジンだけの推力では力不足なのである。固体補助ロケットに点火されて初めて発射台を離れる。

この発射台を離れる瞬間をリフトオフと言い、ロケットの飛行制御はすべてこの時刻からスタートする。

「それにしても二秒くらいで一〇〇パーセントまで立ち上がって、そのままその値を維持するエンジンなんてすごいな！」

「そう、このエンジンは定推力エンジンで、一〇〇パーセント推力で最後まで作動する」

僕の車のエンジンは一〇〇パーセントの出力なんて出したことない。だいいち怖くてそんなことはできない。僕はロケットエンジンの使い方の過酷さを思った。

11

翌日、レービンさんが、僕と正樹さんをサンタモニカの北にあるチューブ成型業者の工場に案内してくれた。

推力室は二九二本のチューブで構成されている。推力室を横から見ると上流部は円筒、真ん中がしぼんでいて、後流部は末広のノズル状になっている。これを一本のチューブで造ると、チューブは弓のような形になる。これらを二九二本束ねて推力室の形状にするためには、中央部の断面面積は小さく、両端で大きくする必要がある。

「まず一本のチューブを、パイプ曲げ治具を使って弓形に曲げる」

レービンさんが曲げられたチューブを持ったまま説明してくれる。

「チューブ材料は純ニッケルなので、柔らかいため曲げやすい」

「なぜ純ニッケルを選んだのですか？」

「展延性だ。今ではステンレス・スチールなど他の材料もあるが、当時の絞り加工技術では純ニッケルほど延びのある材料はなかった」

なるほど、チューブは曲げられたあと、硬い型に入れられ、内部から水圧をかけて延ばされる。その結果チューブ断面は上流部で八角形、真ん中で矩形、後流部で丸形に成型される。延びの悪い材料では無理である。

「本当だ、きれいに延ばされている。しわも全然ないですね」

「そうだろう、また割れることもほとんどない。加工する側から見たら理想的な材料だ」

正樹さんは、工作エンジニアらしく型や水圧をかける装置に興味があるようで、さかんに質問してメモをとっている。

「この型、日本で造れそうですか？」

僕は正樹さんに聞いた。

「大丈夫、この程度の型メーカーなら小石川の下請けにいくらでもいる」

それで僕は安心した。噴射器は鋼板を機械加工で削れば出来そうなのであまり心配していないが、推力室のチューブはどう造るのかちっともイメージが湧いてこなかったのだ。

「佐藤さん、ニッケルはいいことばかりではないぞ」

レービンさんが言った。

「ニッケルは硫黄に弱い。チューブに触れるものから硫黄を完全に除かないといけない」

「弱いって、どういうことですか？」

「すぐ割れる。まあ具体的には日本で教えるけど」

ニッケルの硫黄脆弱性《ぜいじゃくせい》は材料屋にとって常識だろうが、僕は初めて知った。硫黄成分が表面に着いたニッケルを加熱すると簡単に割れるという。


帰りは〃せっかく来たのだから〃とレービンさんがサンタモニカ海岸をドライブしてくれた。午後の太陽を一杯に浴びて多くの人たちが水遊びや日光浴をしていた。

ドライブ・ウェイ両側に背の高い椰子の木が並び、南洋の島に来た感がある。海岸沿いには多くの土産物屋やレストランがあり、観光地特有の華やかさに満ちている。夏はほとんど雨が降らず、高温だが、からっとしている。同じ緯度にありながら、雨の多い東京と比べると羨ましい。気象学者の言う大洋の西は多雨、東は少雨乾燥の典型である。地球の自転と海流の影響らしい。


二日後の金曜日に第三回目の燃焼試験が行われた。混合比の再現性が確認されれば月曜日にエンジンを取り外すことになる。来週末帰ることになったため僕にとって最後の燃焼試験となったが、無事終了した。

第六週目の月曜日、エンジン混合比の再現性が確認されたため、スタンドからエンジンを外すことになった。スタンドにヨーネルさんはほとんど現れず、作業はマイケルの指示でどんどん進んだ。搭載した時と逆の手順で行えばいいわけで、昼前にはほとんどの配管を取り外した。

この日のカードはひと仕事を終えた達成感から大いに盛り上がった。ヨーネルさんの昼ごはんはもちろんニンジンである。

ヨーネルさんをはじめとするグループ全員に帰国の挨拶をして、僕は山を下りた。ワンサイクルだけの燃焼試験だったが、驚きの連続で貴重な体験をした。

ヨーネルさんたちには三年後、僕たちが造ったエンジンを持ち込んで信頼性確認のための燃焼試験でまたお世話になる。

週末の便で帰国したため、休む間もなく、月曜日の朝には、浜松町の宇宙技術開発事業団エンジン・グループに帰国の報告をした。

「佐藤さん、うまいこと研修できた？」

高島さんが笑顔で迎えてくれた。

「はい、おかげさまで三回の燃焼試験に参加できました」

「佐藤さんたちが羨ましいよ。僕たちはあのあとTRW社を回ってすぐ帰ってきたから」

小栗さんは短期間で終わった自分の出張を残念がった。この辺りが行政側の仕事とメーカー側の仕事の違いである。小栗さんはメーカーで開発の仕事をしていたので、特に今の仕事に戸惑いを感じているようだった。

第二章　修行時代

1

「佐藤くん、もうすぐだよ。早く」

急ぎの仕事があって席にとどまっていた僕に先輩が声をかけてくれた。僕は先輩のあとについて部長席の隣に設置してあるテレビに向かった。すでにテレビの周りには技術部の社員が大勢集まっていた。

ブラウン管ではニール・アームストロングが月面に降り立つところが実況中継されている。時に一九六九年七月二十一日午前十一時五十六分である。

ロケットを担当している者が来たと、皆が見やすい場所を空けてくれた。

着陸船に備えた低速度走査カメラがとらえた、梯子を降りるアームストロングの姿が見える。しかし、白黒画面の映像はぼんやりしていて見づらかった。

後に有名になる「これは一人の人間にとって小さな一歩だが、人類にとっては偉大な飛躍である」という言葉も聴き取りにくかったせいかよく覚えていない。

アームストロングのあと十五分してオルドリンが月面に降り立った辺りで他の社員たちはぞろぞろと解散しだした。

自分たちとはあまりに差がありすぎて、なんの感興も湧かない。悔しいとも思わないのは不思議だった。

「佐藤、どうだ。アメリカは月まで行ってしまったぞ！」

同期の山崎が興奮した面持ちで話しかけてくる。

「うん、すごいね。アメリカという国の、とてつもない力を感じる」

「こんなことが、なぜ、いま起こったんだろう？」

「それへの答えは簡単だ。アメリカはソ連に負けたくなかったんだ。国の威信をかけて実行した」

「我々の科学と技術の進歩の結果として、起こるべくして起こったことなのかなあ？」

「科学と技術は二十世紀後半のこの時期にその用意はあったと思う。しかしある種の狂気がこれを推し進めなければ、決して実現しなかった」

「もうアメリカはここまで来ているんだから、お前もいまさらロケットでもないだろう？」

山崎、それは違う！　終戦の焼け野原のなかで人々は〝科学技術でこの国を成り立たせる！〟と決めたんだ。この国は農業だけで人口を養えるほど広くはない。皆で先端技術を追いかける他ないんだ。それはこの会社が得意としている船でも、お前のやっているジェットエンジンでも、なんでもいい。〝遅れているからやらなくていい〟とはならない。それを言ったら、お前のやっているジェットエンジンだって五十歩百歩じゃないか。

僕らは一九六八年の春に小石川に入社した。三百人以上の同期入社のうち、東京都田無市の航空エンジン事業部には四十人が配属された。このうち大学卒が約半数だった。事務系が五、六人で、残りは技術系である。ほとんどの技術系エンジニアはジェットエンジン部門に所属し、ロケットエンジン担当は僕だけだった。

僕らは毎年数人だけ採用していた航空エンジン事業部が初めて大量に採った世代で、勤労課もテストケースとして注目していた。大量採用のこの世代がうまくいかなかったら、次年度の採用は控えるといわれ、勤労課も緊張していたようだ。そのせいもあり、大卒と高卒の混合で開かれる僕らの同期会には、毎回必ず勤労課から金一封が届けられた。

同期のうち女性は鈴木麻由子一人。彼女は東京の私大出身、美形で人当たりがいいため、たちまち僕らのマドンナとなった。事業部長の秘書を兼ねて管理部に所属しているので、残念ながら僕には仕事上で接触する機会がない。

事務室はオープンスペースとなっていて彼女とは同じフロアーにいるのだが、所属部門がフロアーの両端にあるため、滅多に会うことがない。たまに管理部に近づくと、事務系同期の松岡たちが寄ってきて彼女との間に割って入る。

「佐藤、彼女は防衛庁の偉いさんの娘だから、ロケットが手を出してもだめだぞ!」とすごむ。そんなの関係ないと思うが、何しろ松岡は彼女の親衛隊気取りだからやりにくい。

2

入社して配属されたグループはロケットエンジンのターボポンプを開発していて、課員は先輩の物部さんと高坂さん、そして僕のわずかに三人だった。入社試験の面接で〝ロケットをやりたい〟と強く訴えた新入社員が来るというので、グループでは話題になっていたらしい。初めに与えられた仕事は、先輩の物部さんと一緒に、ターボポンプを駆動するガスを作るガス発生器を開発することだった。ターボポンプのタービンは高温・高圧のガスによって動かされるのだが、そのガスを作る方法にはいろいろある。普通にはエンジンで使っている酸化剤（液体酸素など）と燃料（ケロシンなど）をそのまま使って燃焼ガスを作る。

僕らの開発はこのような二つの推進薬を使うのではなく、過酸化水素を分解して高温ガスを作るという簡単なものだった。過酸化水素は高校の化学実験で酸素発生に使うのと同じ薬品だが、ロケットに使用するのは濃度が九〇%と非常に高く、熱や衝撃に敏感なため、毒物や劇物に指定されている。このためグループでは物部さんが危険物取扱主任の資格を持っていた。

過酸化水素を使うと酸化剤と燃料のほかにもう一種類の推進薬系統をもつことになり、複雑で重くなるためロケットとして望ましくないはずだが、なぜこの推進薬を使うことにしたのか、すっきりした説明はなかった。たぶん大戦中のV2号ロケットに使われていたので、とりあえずそれからスタートしてみるということではないだろうか?

ガス発生器は小さなメロンほどの球形である。ガス発生器噴射器の中に銀のメッシュ（網）を詰めて、上流から加圧供給される過酸化水素を分解して高温ガスを作る。銀が触媒の役目をはたしているわけである。開発実験は銀メッシュの厚さや枚数をいろいろ変えてガス温度を計測するという単純なものだった。

実験に使用される装置も、過酸化水素タンクとそれを加圧する窒素ガス配管、ガス発生器直前に取り付けられた遠隔操作弁というシンプルなものである。過酸化水素は、薬局から購入した大型瓶からドラム缶程の大きさのタンクに直接注ぎ入れた。いま考えるとずいぶん乱暴なことをしていた。

その日、僕はいつものようにタンクに過酸化水素を入れ、分厚いコンクリート壁に隔てられた計測室からヘッドホン越しに流れてくる物部さんの指示に従って作業していた。計測室では高坂さんが、流量計や圧力計、温度計の較正をしていた。

「佐藤くん、次にタンクの蓋をしてください」

「了解」

僕は返事をして作業にかかった。ステンレス・スチール製の蓋を六本のボルトで締め終わった頃「計測系準備よし」という高坂さんの声も聞こえてきた。

「蓋締め終わりました」

僕は言った。

「了解、実験室の外の窒素ボンベのコックを開けて計測室に戻ってきてください」

物部さんが言った。

「了解」

僕はヘッドホンを外すと、実験室北側の開け放してあるドアから外に出た。

と、その時である。〝ボン〟という鈍い音がした。

実験室を振り返ると、出てきたばかりのドアから白煙が噴き出してきた。

何が起こったのか煙でよく見えない。


計測室では物部さんと高坂さんが心臓の止まる思いをしていたらしい。

二人は安全靴をひっかけて計測室を飛び出した。実験室南側のシャッターは開け放してあるが、その全面から猛烈に白煙が噴き出している。

「佐藤くんがやられた！　高坂くん酸素マスク！」物部さんの大声が聞こえてきて、高坂さんが酸素マスクを持ってくるために走りだしたらしい。


僕は実験室の西側を回り、南側前面に出てきた。

物部さんの目が丸くなり、次いで顔がくしゃくしゃになった。

「無事だった！」

僕は二人に抱きつかれてキョトンとした。

事故は過酸化水素の爆発だった。過酸化水素は液状でもガス状でも有毒であり、僕は危なかったのである。煙が消えてから装置を調べると、ガス発生器遠隔操作弁の直前に取り付けた圧力計の付け根が大きく割れていた。

圧力計はひずみゲージタイプで、その日の朝に取り付けたばかりである。前日まではなんともなかったので、この圧力計の中に不純物（金属酸化物）が入っていたのではないかと疑われた。過酸化水素はほとんどの金属酸化物を触媒として分解する。さっそく圧力計のメーカーに送り返して調査してもらったが、不純物は見つからなかった。

証拠は見つからなかったが、不純物の混入が原因だろうということになり、この事故以後は配管や圧力計の洗浄を念入りに行うことになった。可哀そうに物部さんはあちこちに山のような報告書を書かされていた。

過酸化水素は、ロケットや人工衛星の姿勢制御用ガスジェット推進機にも使われていた。この推進機も、過酸化水素分解ガスを勢いよく噴射して推力を得ることから立派なロケットエンジンには違いないが、直径が一〇ミリメートルから二〇ミリメートル程度と小さく、通常のロケットエンジンと区別するため、スラスターと呼んでいる。

会社の技術研究所のグループが過酸化水素を使ったスラスターの開発をしていたのだが、似たような爆発事故を起こしたため、推進薬を過酸化水素からヒドラジンに変えた。のちにこのグループは航空エンジン事業部に転籍となり、田無工場に移動してきた。グループのなかに同期の石田がいて、僕はようやく宇宙担当の同期が二人になったことを喜んだ。

他社でもスラスター開発には過酸化水素を使っていたが、僕らのような専門家でも事故を防げないことが分かって使用を止めた。現在日本ではロケット開発に過酸化水素は使われていない。


「圧力計にゴミが入っていたなんて言っているけど、佐藤、お前がゴミを入れたんじゃないか？」

同期会で事故のことが話題になり、松岡がいじわるなことを言った。

「そうかもしれない、そうでないかもしれない」

僕はどちらともとれる返事でそれに応じた。

「だいたいあの実験室は汚い。ゴミなんてそこら中飛びまわっている。環境を変えるのが先じゃないか？」

誰かが言った。

「それに過酸化水素を瓶から直接入れるなんて危ないじゃないか」

別の仲間が加わってきた。

「そうだよ、今回は無事だったから良かったけど、あれが人身事故だったら大変だぞ」

勤労課の塩野も割り込んできた。

「あなたたち、佐藤さんをいじめるのはやめなさい！」

鈴木さんの甲高い声が響いた。

麻由子さん、あなただけが僕の味方です。

3

僕らのグループは、ガス発生器のほかに、推力三・五トンクラスの液体酸素ターボポンプを開発していた。この三・五トンクラスエンジンは、日本が液体ロケットエンジンを開発するなら、まずこのクラスの推力の液体酸素・ケロシンエンジンと決めていたもので、燃焼室やターボポンプは、宇宙航空技術研究所（宇技研）角田支所とメーカーが共同で研究を進めていた。酸化剤用のターボポンプと燃料用ターボポンプを別々に持つエンジンを二軸式ロケットエンジンと呼ぶが、当時は、まず軸受やシールの難しい液体酸素のターボポンプを先行して開発していた。

液体酸素ターボポンプのポンプ側軸受は液体酸素で、タービン側軸受はケロシンで潤滑、冷却するという構造に難しさがあるためである。

僕らは液体酸素ポンプを設計製作し、その性能を確認するため、瑞穂工場の一隅で試験をしていた。ポンプ羽根車と軸受を組み立て、タービンは付けずに電動モーターに接続し、電気の力で回転する装置を造った。電動モーターだと出力が分かるため、ポンプ性能を正確に把握できるのである。

液体酸素は実験室の外のランタンクから供給されて、実験装置に据えられたポンプを通って室外の回収タンクに送られる。

一九七〇年四月、その日の一回目の一〇秒試験はうまくいった。高坂さんがオシロペーパーを点検して問題がないことを確認し、二回目の五〇秒試験を行うことになった。

「さあ始めるぞ」

物部さんが言った。

「OKです」

僕と高坂さんが答えた。僕が制御盤の操作を、高坂さんが計測系のモニターを担当していた。液体酸素のような推進薬を扱う試験では、さすがに実験室での作業はなく、全員が計測室に詰めていた。

「予冷却弁開！」

物部さんが大きな声で作業手順書を読み上げる。

「予冷却弁開！」

僕は復唱し、予冷却弁を開いた。

ポンプ直近から液体酸素が抜かれて室外に排出される。ポンプ入口の温度が徐々に下がっていく。

「予冷却完了です！」入口温度をモニターしていた高坂さんが叫ぶ。


「ランタンク排気弁閉」

「ランタンク排気弁閉」

ランタンクが閉じられた。

「ランタンク加圧弁開」

「ランタンク加圧弁開」

ランタンクが窒素ガスで加圧される。

「電動モーター起動」

「電動モーター起動」

僕は起動ボタンを押した。電動モーターがゆっくりと回りだした。

「回転数二〇〇〇」

「回転数二〇〇〇」

僕は回転数制御つまみを回して回転数を二〇〇〇に合わせた。異常はない。

「回転数五〇〇〇」

「回転数五〇〇〇」

僕はゆっくりと回転数を上げていく。


と一瞬、実験室で何かが〝ピカッ〟と光った。

同時に〝ドカン〟という爆発音が響いた。

僕たちは身をすくめた。天井からスレート瓦がバラバラと落ちてくる。物部さんが必死に非常ボタンを何回も押している。

実験室が燃えている。天井からの落下物はおさまったが、火の勢いは増したように見えた。

「スプリンクラーは作動しているか？」

物部さんが聞いてくる。

「作動しています」

僕は言った。

高坂さんが消火器を持って走りだしそうになる。

「待て！　酸素タンクがどうなっているか分からない」

物部さんが叫ぶ。非常ボタンを押すとランタンク、回収タンクともに開放されているはずだが、計測ケーブルが破壊されて制御盤では確認できない。

「ともかく落ち着け！　二分間待ってから外に出よう」

物部さんが言う。幸い僕らに怪我はない。

二分経って外へ出て驚いた。実験室はまだ燃えていて、工場消防隊が放水の準備をしている。危ない！

「佐藤さん、大丈夫だったか？」

寮の仲間の杉山さんが叫ぶ。

「杉山さん、ありがとう。まだタンクに酸素が入っているので皆を下がらせてください」

僕は大声で言った。

杉山さんが消防隊員を下がらせる。

実験室はしばらく燃えるにまかせた。


発火するまでのデータはかろうじて残っていた。その結果、液体酸素で冷却しているはずの軸受温度が少し上がりかけていた。ここが発火ポイントのようだ。

火がおさまってから実験室を見たが、見事に何も残っていない。実験対象のポンプはもちろん、入口配管も出口配管も入口弁も予冷却弁も何もかもがなくなっている。電動モーターも半分溶けている。

ポンプはアルミ製なので溶けてもやむを得ないと思ったが、ステンレス・スチール製の配管や弁類まで溶けてなくなっているのだ。

事故は純酸素中の火災事故の恐ろしさをまざまざと示していた。

「佐藤さん、あなたたち危なかったぞ！」

寮に帰ると、さっそく杉山さんが話しかけてきた。

「〝ドン〟という音がしたので外へ出てみると、ロケット実験場辺りから火の手が上がっている。すぐ消防隊を集めてかけつけたが、誰も外に出てこない。てっきり死んだものと思ったぞ」

「あ、はい！　申し訳ありませんでした」

僕は彼に頭を下げた。ロビー兼食堂には七、八人の社員が集まっていて、なかには一杯やっているのもいる。

「そう、僕なんか杉山さんの指示で担架を取りに走ったんだから」

若い野上君も加わる。

「タンク内の液体酸素が心配で、しばらく外に出られなかったんです。それなのに外に出たら杉山さんたちがタンクのそばに立っていたので、びっくりしてしまいました」

「僕らはタンクに何が入っているかなんて知らないからね。ロケットの連中が何をしているのか誰も知らないんだから。実験をやる時には総務課に届けておいた方がいいよ」

まったく杉山さんの言う通りである。

「実験室や計測室の屋根があれだけ見事に吹き飛んでいるのに、君らに怪我がなかったのは奇跡だね」

最年長で寮の主のような〝まっちゃん〟こと松下さんが言った。

「そうなんです。ヘルメットに何かぶつかったのは分かったけれど、確かめている暇はないので、あとで見たら拳くらいの鉄の塊でぞっとしました」

僕が言った。

「ともかく今日は佐藤さんの生還祝いだ。おばちゃんビール、人数分！」

まっちゃんが叫ぶ。

それから、僕を肴にした宴会が始まった。まっちゃんが言うように、もしかしたら僕が無事だったのは奇跡なのかもしれない。それを思うと、僕は喜んでビール代を払った。


翌日、共同研究者の宇技研角田支所の柳田所長と二、三人のスタッフが飛んできた。実験室の惨状に声も出ない。

特にポンプ入口弁が溶けてしまったことが注目された。この弁は電力や駆動用の空気圧が失われた場合は内蔵バネの力で自動的に閉まる構造だったが、どうやら閉まる前に溶けたようだ。ランタンクと入口弁の間にもう一つ弁がないと液体酸素を止める手段がなくなってしまう。幸いにも僕らの設備にはランタンク出口にもう一つ弁があり、被害の拡大を防ぐことができた。

角田支所はここと同じような設備を持ち、同じようなターボポンプの開発を行っていた。角田支所の研究者たちは、僕たちの経験を正しく学んだ。こののち液体酸素ターボポンプの開発では慎重過ぎるほどの手段を採用し、一つひとつステップを踏んで確実に進めていくことになる。

この日以降、小石川でも宇技研でも、液体酸素ターボポンプに関連する事故を起こしたことはない。ある意味で僕らの事故は、日本の宇宙開発に貴重な教訓を残したのではないだろうか？

4

瑞穂工場の南西の隅にロケット関係の試験場が集中しているが、そのなかに技術研究所の燃焼研究グループの実験室もあった。

その技術研究所のグループの野沢さんとは同年代でもあり、僕はよく昼食を一緒にとるなど友情を深めていた。彼らは推力三・五トンの燃焼室を開発していたが、手始めとして二分の一サイズの噴射器の試験を瑞穂工場で行っていた。

噴射器がいいか悪いかは、ほんの一、二秒の試験で分かるため、この試験の時には燃焼室は冷却を必要としない。このため燃焼室は内面形状を合わせて無垢の銅で厚く造る。銅は熱の伝導がいいため過熱部分が生じにくく、全体で熱を吸収してくれるためだ。僕らはこのような推力室をヒートシンク・チャンバーと呼んでいる。

その日は、ヒートシンク・チャンバーを使用した初めての試験だった。野沢さんたちは朝から試験準備に忙しそうだった。少し離れていた僕らの実験室では特に外作業もなく、僕らは計測室内にとどまって彼らの試験を待っていた。

やがて野沢さんから電話連絡があった。

「まもなくランタンクを加圧します」

「了解」

「二分後にエンジン始動します。念のためヘルメットをかぶってください」

「分かりました。ヘルメットをかぶり部屋で待機します」

僕らはヘルメットをかぶり、試験開始を待った。

「ランタンク加圧」

「ランタンク加圧」

スピーカーから緊張した声が流れてくる。

「エンジンスタート」

「エンジンスタート」


〝ボン！〟という鈍い音がした。

しかし、続いて起こるはずの噴射音が聞こえない。


「ランタンク排気」

「ランタンク排気」

えっ！　試験終わったの？

しばらくして野沢さんから電話があった。

「試験終わりました。外に出ても大丈夫です」

「試験はうまくいったの？」

僕は聞いた。

「いや、それが計測室から燃焼室が見えないんだ」

燃焼室が見えないってどういうこと？

僕らは外に出て、燃焼室が取り付けられていたスタンドの辺りを見に行った。スタンドには焼けただれた噴射器がぶら下がっている。

野沢さんたちがうろうろしている。

「佐藤さん、燃焼室が転がっていないか、その辺り捜して」

野沢さんが言った。

捜しても燃焼室は見つからない。燃焼室が消えてしまった！

「燃焼振動かもしれない」

技術研究所の志村課長が言った。

「燃焼振動って？」

僕は聞いた。

「高周波燃焼振動を起こすと、熱負荷が急増して一瞬で燃焼室を溶かしてしまうことがあるんだ」

ええっ？　僕にはまだ知らないことが多すぎる！

5

液体酸素ターボポンプの事故後も、僕たちは宇技研と協力してターボポンプを開発していた。入社五年目になり、ようやく液体酸素ポンプの設計を任された僕は、宇技研の塚本研究員の要求する高圧ポンプを設計した。ロケットは軽くするため高い回転数を採用してポンプ内の流動速度を速くすることが多いのだが、欲張って速くしすぎると流れが乱れて効率が下がることが多い。僕はその頃使われだしたコンピュータによる流れ解析（流線解析）の手法で羽根車を設計し、効率の低下に対応した。

世間では設計者が設計図を描くものと思われているが、小石川では図面を描くのは別の専門家に任せていた。彼らは入社後製図ばかりしているため、図面を描くのが速く、また、描かれた図面もきれいである。

僕は入社間もない頃、小さなタンクの蓋を設計し、自分で図面を描いたことがあったが、エンジニアとして描いた図面はその一枚だけである。僕が描くより専門家に任せた方が会社としては効率がいいというわけだ。

そんな僕を見て、技師長の浜中さんが面白いことを教えてくれた。

「佐藤くん、エンジニアの意味がアメリカと日本ではちょっと違うよ。アメリカでエンジニアというと、もっと自分の手を動かすイメージがある」

「そうなんですか？」

「そう、工兵とか機関士とか、日本でいう技能職に近いかも知れない。あるいは小石川でいえば工作エンジニアに近い」

「じゃあ、今の僕たちのことは、アメリカでは何と言うのですか？」

「佐藤くんたちのように企画や解析をしている人は、プランナー（計画者）とかアナリスト（解析者）と呼ばれている。フォン・ブラウンはロケット科学者と呼ばれている」

フォン・ブラウンは第二次世界大戦当時にドイツでミサイル兵器の開発に従事し、戦後は亡命先のアメリカで最初期のロケット開発に携わった工学者である。

自分のことを科学者と思ったことはないけれど、図面も描かない、現場作業もしない僕は、アメリカではエンジニアと言わないのかもしれない。


一九七三年春、高圧ポンプを出荷したのを機に、僕は新しく始まるＬＢ－３エンジンのライセンス生産プロジェクトに移ることになった。

「さあ、遊びは終わった。これから仕事だ！」

新部長の丸山さんが張り切って言う。丸山さんの方が今までＮＡＳＡで散々遊んできたのに……。

第三章　ライセンス生産

1

僕らがアメリカから帰って二カ月後、ＬＢ－３エンジンの製造図面とスペック（特殊工程の仕様書）、工程書が三峰重工経由で送られてきた。ロケットダイナミクスのオリジナル資料の上にべったりと「三峰重工」の印が押されている。製造契約は宇宙技術開発事業団との直接契約だが、技術支援は三峰重工経由という変則ライセンス生産プロジェクトがこうして始まった。

ＬＢ－３エンジンの基本的なことを知りたいという僕らの希望を入れてくれて、ロケットダイナミクスはオーベルグさんを僕らの田無工場に派遣してくれた。

初日、三峰のプロジェクト担当課長安岡氏に伴われて、ペーリー氏とオーベルグさんが来社した。僕はオーベルグさんとの三カ月振りの再会を喜んだ。

安岡さんもロケット・プロジェクトは初めてという。日本にロケット経験者が少なかった時代では普通のことだった。

ペーリーさんはロケットダイナミクス代表として日本に駐在することになっていて、僕たちはこの後長く彼とともに仕事をすることになる。

僕を含めて若いエンジニア数人が小さな部屋に缶詰になり、一週間みっちりとオーベルグさんの指導を受けた。僕らの質問の多くは急いで読んだ図面の注記に関するものだったが、さすがにこのエンジンの設計担当者らしく彼は何でもすらすら答えてくれた。

休憩時間、僕は前から興味のあったロケットダイナミクスの歴史について聞いた。

「ロケットダイナミクスって、元々はあのマスタング戦闘機で有名なノーザンアメリカン社ですよね？」

「そうだ。第二次世界大戦が終わった時、大勢のエンジニアが余った。すべて退社する手もあったが、経営者を含めて僕らは何か新しいことをやろうとロケットエンジンを選んだ」

「ノーザンアメリカンは機体メーカーで大戦中もエンジンなんかはやっていなかったはずでは……？」

「そう、エンジンはまったく未知の分野だったが、僕らは二千人の規模でカノガパークに移った」

「その頃仕事はあったんですか？」

「いや、ほとんどなかった。まずドイツのV2号ロケットのエンジンを研究することから始めて、その改良型エンジンの試作などをしていた。一九五〇年、朝鮮戦争が始まった頃から軍用ミサイルの開発に予算がつくようになった。僕らの試作したエンジンがレッドストーン・ミサイルに採用されることが決まり、経営としての目途が立ったので一九五五年ノーザンアメリカンの一つの事業部として独立した」

「それ以降アメリカのロケットエンジン・メーカーとして大発展するわけですね。特にアポロ計画のサターンV型ロケットのエンジンは一段、二段、三段ともロケットダイナミクス製ですね。あの頃は忙しかったでしょうね？」

「もうめちゃめちゃ忙しかったよ。社員も一九六五年には六万五千人ほどになり、エンジンも自動車会社のようにベルトコンベアに乗せて流れ作業で造っていた」

僕らは、未経験の分野に敢然と飛び込んでいくアメリカ人の勇気に圧倒されていた。

「一つ質問していいですか？」

一番若い久保君が聞いた。

「どうぞ」

オーベルグさんが言った。

「性能を考えたら燃料は水素を使うべきだと思いますが、どうしてＬＢ－３ではケロシンを使ったんですか？」

「いい質問だね。それはＬＢ－３がもともと軍用ミサイルのエンジンだからだよ。戦争になったら燃料はどこでも手に入るものでないといけない。入手に困難な燃料は使えないんだ。そのうえ大量に使うから安くなくてはならない」

「なるほど、分かりました。ですが発射する前に予冷却とかいろいろ手間のかかる液体推進薬ロケットはそもそも軍用に適していないんじゃないですか？」

「その通り。僕らは訓練で三〇分以内に打ち上げたことがあるけれど、液体酸素や水素のような極低温液体は軍用には無理だね」

「液体推進薬の軍用ミサイルはあるんですか？」久保君がさらに聞いた。

「あることはある。機体の中に硝酸系の酸化剤とヒドラジンを貯蔵しているミサイルなど。

これだと予冷却が要らないからね。ソヴィエトでは潜水艦用にも液体推進薬を使っているミサイルがあるらしい」

軍用ミサイルは今日ではほとんど固体ロケットになっている。大戦中のドイツのV2号ロケットは軍用だったが、その後継ともいうべき現在の液体ロケットはほとんどが平和目的となっているのは、歴史の皮肉というべきだろうか。

2

技術資料にざっと目を通したところで、この資料をどう社内に展開するか……僕らは工作エンジニアと会議を開いた。

「技術資料は、製造図、スペック、工程書の三種類です」

僕がまず説明し、工作エンジニアに聞いた。

「インチ寸法ですが、このまま出図（発行）していいですか？」

すると年かさのエンジニアが憤然として言った。

「とんでもない！　田無工場にはミリメートル以外の寸法はない！」

「でも、製造現場にはインチのスケールがあるじゃないですか」

「あれは参考のために置いているだけだ。使っていない！」

「弘一さん、同じ現場に二つの寸法があるなんて間違いの元です。技術部でインチ・ミリ換算した図面を出図してください」

味方と思っていた正樹さんまでそんなことを言う。

「時間があれば対応できるけど、今の打ち上げスケジュールではそんなことをやっている暇はない。インチの図面から工程書を作ってもらわないと……」

小石川では僕ら技術部が出図した図面を元に製造部の工作エンジニアたちが部品一つひとつの工程書（製作指導書）を作っていた。彼らにすぐ工程書の作成に着手してもらわないと、スケジュールの維持が困難になってしまう。

「正樹さん、工程書は図面寸法を換算しながら作れるんじゃないですか？」

「駄目だよ弘一さん、僕らが換算を間違ったらどうするんですか？　寸法は技術部が責任をもってもらわないと」

先ほどの年かさのエンジニアが大声で言った。

「そんなことを言うなら、この工事は田無工場では引き受けないぞ！」

それまで黙って聞いていた上司の山田課長が僕にささやいた。

「弘一さん、正樹さんがああ言うんだから、寸法はやはり技術部で責任をもとう」

「でも、そうすると他の仕事ができなくなりますよ」

「帰って仕事の順番を考えよう」

山田さんが皆の方に向かって言った。

「分かりました。図面はインチ・ミリ換算して出図します」


「次にスペックの発行に移ります」

僕が言った。

「スペックは溶接、鑞付《ろうづ》け、熱処理、メッキなど我々に馴染みのあるものもありますが、ロックス・クリーニングなどロケット独特のものもあります」

「これも翻訳してもらわないと困ります」正樹さんが言った。

「でも、工作エンジニアは皆さん英語が読めるじゃないですか。特殊工程などは技術部の僕らよりあなたたちの方が詳しいんじゃないですか？」僕が言った。

「特殊工程に詳しいのはその通りです。しかしここには高卒のエンジニアも多く、英語は必ずしも十分ではない。この工場では初めてのロケット工事です。ぜひ和文のスペックを発行してもらいたい」正樹さんが言った。

「噴射器や推力室の鑞付け、ロックス・クリーニングなどは僕らも翻訳して出すつもりですが、X線検査などいつもやっていることは英語のままで作業してもらいたい」

先ほどインチ・ミリ換算を引き受けたうえ、またこれを背負いこんだら大変なことになると僕も頑張った。

「分かった。弘一さん、翻訳の順を決めよう。ロケット独特のものを先にして、汎用のスペックは翻訳ができるまで英語で仕事するよ」

正樹さんが妥協してくれた。

交渉ごとは難しい。〝ロケットをやる〟という意識は皆持っているのだが、すべての仕事を相手に押し付けられるものでもない。

製造部との合意は成ったが、これからの仕事量を考えると僕は憂鬱になった。


会議室から出たところで、製造部長が話しかけてきた。

「佐藤さん、君は英語ができないやつはしょうもない連中と思ってないか？」

「あ、いや、そんなことは思っていません。ただ早く展開するにはどうしたらいいかと考えて……」

「それならいいが、こんなにライセンス生産ばかりしているなら、いっそ工場の公用語を英語にしてしまえと馬鹿なことを言うやつがいるが、とんでもない考え違いだからね。物つくりは深いところでしっかりと母国語で把握していないと、いいものは出来ないよ」

製造部は製造部で、立派な哲学のうえで日本語訳を要求しているのである。

会議からの帰り、山田さんが言った。

「佐藤さん、特殊工程に詳しいのは、今は確かに彼らだが、ずっとこのままでいいわけじゃないからね」

「え？」僕は聞いた。

「例えば、どういう熱処理をするかは技術の僕らが決めて、それを図面に書き込んで彼らに渡すものだ。熱処理の結果、その材料がどのような強度になっているのかは、僕らが完全に把握していなければならない」

「でも、それって大変じゃないですか？　すべての特殊工程にそれを求められても、僕らにできるのかなあ……」

「大変でもやらなければならない。要求を出す我々の方が中身を知らないなんて、許されないよ」

そう、機械部品は形が出来ればよいというものではない。熱処理や表面処理についてはサットンの本には書かかれていない。大学でも学んでいない。しかし、実際に造るとなると、すべて必要な知識なのである。

次の日から僕らの職場は戦場となった。定められた日まで出図しないと工事が始まらないからだ。インチ・ミリ換算は単純だが、作業者の他に少なくとも二人以上で点検する必要がある。年長のスタッフである僕のところにすべての図面が集まってくるので、僕が最終チェックすることになった。

換算には、米国を離れる時にウエスターベルさんが土産にくれた電卓があったので助かった。その電卓はロケットダイナミクスの子会社が製作した、単純な四則演算だけが可能という初歩的なものである。日本製の電卓は発売されたばかりのためまだ高価で、行き渡ってはいなかった。先輩たちの机に一メートルを超す計算尺があった時代である。

インチ・ミリ換算の合間にスペックの翻訳も急がなくてはならず、僕は三カ月連続で百時間を超す残業となった。

ロケットダイナミクス日本プログラム・オフィスからニッケルの脆弱性試験を急ぐようにとのテレックスが入った。

推力室の鑞付けが始まると、ニッケルチューブに接触するすべてのものの硫黄含有量が問題となるので、その前に調べておくようにとのことだった。必要ならレービンさんを派遣するという。

脆弱性試験そのものは決して難しくはない。例えば使用する鑞材を五、六センチに切ったニッケルチューブに入れ、チューブの両端を潰して一回り大きいステンレスチューブで包み、工業炉に入れて熱する。加熱終了後はニッケルチューブを切断し、断面の粒界腐食の深さを顕微鏡で測るのだ。チューブが割れてしまうなどは、もちろん論外である。

僕は鑞材を入れた試験片を持って熱処理工場課へ向かった。折よく同じ独身寮で暮らしている高橋班長がいた。

「高橋さん、これ、加熱してほしいんだけど……」

「何だい、このパイプは？」

「中にロケット用の鑞材が入っている。ニッケルチューブが割れないかチェックしたいんだ」

「ふーん、時間がかかるのは、管理班を通さないとまずいぞ」

「大丈夫、すぐ終わる」

僕は高橋さんに時間と温度を書いたメモを渡した。

「この程度なら、空き時間にやっておくよ。ところでバーディチャンスにいつ行く？　あかねちゃんが待っていたぞ！」

「分かった分かった、今度行くよ」

バーディチャンスとは独身寮の近くのスナックである。あかねちゃんはその店で働くウエートレスだ。

急ぎの作業や簡単な作業はこのように個人的チャンネルで頼むことができたので、僕は時々利用した。

今回は意外に簡単に実行できたので、レービンさんに頼むこともないだろうとその旨ロケットダイナミクスにテレックスを打って、改めてチューブの成型が始まったら来ていただくことにした。

3

製造図面の出図が終わって、僕の次の仕事はハイフロー設備の設計である。

LB－3ロケットエンジンの製造に使用する設備は、汎用設備を除いて宇宙技術開発事業団が費用負担してくれることになっていた。ハイフロー設備はロケット専用設備と認められていたので、ポンプ、配管、計測装置は事業団に請求できる。

僕はこの設備のポンプ、配管の材質を日本の気候を考えてステンレス・スチールにしたかったのだが、はたして事業団が認めてくれるかが気がかりだった。

事業団に話す前に僕は瑞穂工場の設備課とロケット工場課の関係者に集まってもらい、ハイフロー設備の基本設計について説明した。

新しく出来たロケット工場課の課長には、一緒にアメリカに出張した長野さんが就任していた。ポンプや配管の配置については特に問題はなかった。

「ポンプと配管の材質については炭素鋼に亜鉛メッキという案もあるんですが……」

僕が言った。

とたんに設備課のスタッフが手を挙げた。

「佐藤さん、それは無理だよ！」

「うーん、やはり無理ですか？」僕は聞いた。

「いくらメッキしていても、炭素鋼はすぐ錆びるからね。錆やメッキが剥がれて下流に流れていったら困るでしょう？」

「困ります。噴射器の孔が詰まったら大ごとです」

僕が言った。

「そうなると僕らは、定期的に配管とポンプをばらして錆落としや再メッキをしなければならない。メンテナンスする僕らのことも考えてよ！」

スタッフが悲鳴をあげた。

「そんなに錆びるかなあ」僕が言った。

「佐藤さん、日本には梅雨があるんだよ。カリフォルニアと違うよ」長野さんが言った。

やはり、日本の気候では炭素鋼は無理なので、ステンレス・スチールでいくしか手はなさそうだ。でも、どうやって事業団を説得するか？


僕は事業団に高島さんと小栗さんを訪ねた。

「小栗さん、ハイフローの材質をステンレス・スチールにしたいのですけど」

「どうして？」小栗さんが聞いた。

「日本では炭素鋼はすぐ錆びてしまうからです」

「アメリカでは炭素鋼にメッキをしていたよね。どうしてアメリカならいいのかな？」

小栗さんもロケットダイナミクスの設備を見ているのである。

「カリフォルニアの特にあのロサンゼルス郊外は乾燥地帯で年に数日しか雨が降らない。ハイフロー試験のあと水を抜いておくとすぐ乾いてしまうのです」

「日本ではそうはいかないと？」

「そうです。いつもじめじめしていて、水を抜いただけでは乾きません。梅雨時になったらお手あげです」

「錆が出たらどうします？」

「分解して錆を落とし、再メッキします。年数回やらなければならないのでコストも大変ですが、LB－3プロジェクトではそんなことをしている時間的余裕はないですよね」

小栗さんも〝困った〟という顔をしている。

「小栗さん、お金のことはどうにかしよう。炭素鋼の配管のメンテナンスは本当に大変なんだから」

高島さんが言った。彼は自身の小石川にいた時の経験でステンレス・スチール以外の配管の維持管理のわずらわしさを知っているのである。

「小栗さん、ここはスケジュール優先ということでステンレス・スチールを認めよう」

高島さんが結論を出してくれた。

僕は打ち上げスケジュールを守るためという理由を思いついて、どうにか高価なステンレス・スチールの使用を認めてもらった。時代は高度成長期で、毎年の税収が前年の一〇パーセント増しという時代だったことも幸いした。

最大の懸案事項が解決したので僕は先を急いだ。ハイフローの平面配置図と材質表を添付した注文仕様書（案）を作り、購買部に送った。購買部はポンプメーカー各社に仕様書（案）を示し、見積を依頼した。その結果、モリノ製作所がもっとも安かったため、購買部立ち会いのもとに細部を詰め、完成した注文仕様書を発行した。

このまま順調に発注手続きに入るはずが、トップの事業部長からクレームがついた。丸山さんが呼ばれ、渋い顔をして戻ってきた。

「佐藤くん、事業部長はハイフローを瑞穂工場に造ってはいかんと言っている」

「えっ！　どこに造れと言うのですか？」

「それがよく分からない。ともかく集まってくれ」

僕と山田さんが部長の前に呼ばれた。

「瑞穂工場には、これから推力室を造るための大きな組み立て棟を造るのにこれ以上土地は割けないと言っている」

「そんなばかな！　組み立て棟の申請時にハイフローの土地も一緒に申請しているでしょう」

山田さんが言った。

「ハイフローの土地は考えていなかったらしい。豊洲とか横浜工場に土地はいっぱい余っている。そっちへ持って行けと言うのだ」

「そんなことをしたらスケジュールを確保できないじゃないですか？　無理ですよ」

僕が言った。

「分かっている。そのほかにも、モリノに一括発注するのはまかりならんと言っている」

「なぜですか？　購買部を通じてとった見積が一番安くて、技術もしっかりしている会社じゃないですか」

山田さんが言った。

「それを購買部がキチンと説明していないらしく、技術部が暴走してモリノに決めたと思っている」

「見積をやり直している時間なんかない。第一仕様書作成に協力してくれたモリノに迷惑をかけることになりますよ」

僕が言った。

僕は仕事上で事業部長の武井さんと直接話したことはない。サラリーマンをしながら博士号をとった勉強家で、僕ら若い社員はエンジニアの先輩として尊敬していた。


今年の夏、ロケットエンジンの出図を急ぐため日曜出勤し、ワイシャツを脱ぎTシャツ一枚で作業しているところに武井さんがふらっと現れたことがあった。僕はひやりとした。だらしない恰好で仕事をしているのを叱られるかと思ったが、違った。

「佐藤くん、今日は何かね？」

「はい、ロケットエンジンの出図を急がないといけないので……」

「なるほど、暑いのに大変だね」

武井さんは図面を覗きこみながら言った。

「佐藤くん、エンジニアの仕事は間に合わないとゼロだからね」

「はい」

「いくら百点の案でも遅れたら何にもならない。六十点でもいいから、あるところで決めて発行しないといけない」

「はい」

「こういう話がある。知らないで行うもの、これを職工という。知っていて行わないもの、これを学者という。知っていて行うもの、これをエンジニアという。エンジニアは偉いのだよ」

ニヤっと笑って行ってしまった。若い者と話をするのが好きなのである。

それに対して部課長クラスにはずいぶんと厳しく当たっている。技術的知識が豊富な上、周りにライバルがいないため、ワンマンになりつつあった。下の者の言うことを素直に聞いてくれない。丸山さんと山田さんはハイフローの件で頭を抱えてしまった。

技術研究所では、現在、瑞穂工場の一角で行っている燃焼試験を相生工場の山のなかに持っていくことを検討していた。瑞穂工場ではエンジン推力が増えてくると狭すぎるし、危険だからである。技術研究所出身の山田さんが技術研究所の幹部に話して、その検討を急ぐように働きかけていた。移転の見通しが得られたので、急ぐことでもあり、ぐずぐずしているわけにはいかないので、事業部長に再度話すことになった。

今回は、丸山さん一人ではなく、山田さんと僕も同行した。

事業部長室の前室に秘書の鈴木麻由子さんがいた。彼女はいつも二階の管理部にいるのだが、事業部長が田無工場にいる時には秘書として一階の事業部長室に詰めている。僕らは彼女の案内で事業部長室に入った。


武井さんは、丸山さんの顔を見ると、ニコッとした。

「よう、丸山くん、再検討したんだね？」

丸山さんは武井さんの許しを得て米国留学し、学位をとったお気に入りの部下である。

「あっ、はい、結果を山田の方から説明します」

山田さんが技術研究所の移転計画を説明し、その跡地にハイフロー設備を造りたいと説明した。

「その設備の稼働率はどうかね？」

武井さんが聞いた。

「はい、造り始めると信頼性確認試験を行うので、エンジンの製作台数が多く、ほぼ毎週のように動かすことになります」

山田さんが答えた。

「それならいいが、使いもしない設備にデンと居座られると本社からクレームがつくからね」

「はい、そういうことはありません」山田さんが言った。

一番懸念していた設置場所の了承が得られたので、僕らは〝ほっ〟とした。使いもしない設備を持ち続けると財務管理上のマイナスになるため、どの経営者も設備投資には気を遣う。瑞穂工場にはまだ稼働率の上がっていない超大型ジェットエンジンの燃焼スタンドがあり、本社から睨まれているという噂は僕も聞いている。

次にモリノに発注したい件について、各社の見積を交えて山田さんが説明を始めた。

武井さんの表情が険しくなった。

「山田さん、この程度の金額の差でモリノに決めたのか？」

「いえ、金額だけでなく、各種ポンプが揃っていて効率もよく、技術もしっかりしている会社ですから……」

「これくらいの効率なら、栗田工業とか他の会社も出せるだろう？　だいいち一年中回しっぱなしのポンプならともかく、週に二、三時間回すだけで効率が決め手になるのか？君はモリノから何かもらってるんじゃないか？」

「いえ、とんでもありません」

ああ言えばこう言う。要するにこのような高額の買い物を自分抜きで決めようとしている山田さんが気に入らないのである。

「いいか、どこの会社にするかは購買部が決めることだ。話は購買部長から聞くから、君からこれ以上聞くつもりはない」

どういうわけか武井さんは技術研究所出身の山田さんが嫌いなのである。

「ところで佐藤くん、この系統を説明してくれ」

「はい、水ポンプは二〇〇キロワット、毎分回転数が一五〇〇のものを二台使います」

「なぜ、水ポンプは二台要るのかね？」

「酸化剤側は流量が大きく燃料側は圧力が高いので別種のポンプ一台ずつでもいいのですが、同じポンプを二台設置して並列、直列運転と使い分けた方がコストは低くなります」

「酸化剤の流量が多いって、どれくらいなの？」

「毎秒二〇〇リットルですから、ドラム缶一本分の水が流れます」

「毎秒！」

そうなのである。ロケットエンジンの流量はとてつもなく大きいのである。

「そうか、それならこういう系統になるのもやむを得ないか」

根が技術屋だから、こういうことは分かりが早いのである。

丸山さん一人が残って、僕らは部屋を出た。

「佐藤さん、人は論理の動物だと思ってはいけないよ」

「えっ？」

「人は感情の動物であり、偏見に満ち、自尊心で行動することを心得ていないといけない」

やれやれ、山田さんは厄介な上司を抱えたものである。

数日後、購買部長が説明してモリノに発注できることが決まった。ただしモリノが使う明電舎の電動モーターを同族会社の東芝製に換えるという条件がついた。

4

ハイフロー設備の発注が一段落したため、僕は一九七四年後半から推力室の製造にとりかかった。

推力室は前に述べたように二九二本のニッケルチューブで構成される。チューブを成型する作業は、ロケットダイナミクスは外注しているが、僕らは田無工場の一角で造ることにした。成型装置が完成したため、年末にロケットダイナミクスにエンジニアの派遣を要請した。僕らの予想通り、ロケットダイナミクスからはレービンさんを翌年の一月十一日に派遣すると連絡があった。

一月十一日の朝、僕はレービンさんを、彼の泊っている京王プラザホテルに迎えに行った。京王プラザホテルは新宿淀橋浄水場跡地の再開発の一環として建てられた日本では初めての超高層ホテルで、地上四七階、高さ一七八メートルの威容を誇っていた。新宿駅西口を出ると表面にでんとそびえていて、ホテルはすぐ分かった。ロビーでレービンさんに会ったが、彼は長旅に疲れた様子もなく快活に近づいてきた。

「おはようございます。レービンさん。ようこそ日本へ！」

「おはよう、佐藤さん、ここが日本一のっぽのホテルか？」

「そうです。一九七一年に出来たばかりです。部屋は快適ですか？」

「まあまあだね。ところであの部屋は一番安い部屋か？」

「いえ、中くらいの部屋をとりました」

「どうして？　一番安い部屋は空いてなかったのか？」

「そういうわけではないのですけど」

「アメリカでは一番安い部屋から埋まっていくぞ。安い部屋でも、ホテルのレストランとかプールとか、すべてのサービスは利用できるんだからね」

なるほど、これがアメリカ人の合理主義なのか……。


田無工場では、工作エンジニアの正樹さんに案内されて、レービンさんはまずチューブ成型装置の型をじっくり見た。

「佐藤さん、君はチェックしたのか？」レービンさんが僕に聞いた。

「あっ、いや、まだ詳細には……」

型のチェックはどちらかといえば工作エンジニアの仕事で、僕は詳しく見ていない。

「駄目だ。自分ですべて見ること。君の責任だろう？」

彼は自分のハンディルーペを僕に渡して言った。

僕が型を覗きこんでいると、レービンさんがさらに言った。

「型の表面に凹凸や傷がないかよく見て！　純ニッケルは柔らかいから、そのような凹凸をよく拾うからね」

こののち気づくことになるが、彼はともかく自分の目でよく確かめる。またその大切さを僕にくどいほど説いた。浜中さんの言う典型的なアメリカのエンジニアである。

成型されたチューブは推力室の形をした木製の心棒に並べ立てかけられる。心棒といっても単なる棒ではない。推力室の内面をかたどった臼のような回転体である。この作業は瑞穂工場で行われるため、僕らは瑞穂工場に移動した。

瑞穂工場では、新設のロケット組み立て棟の一角を囲ってこの作業にあてることにしていた。若い工場課の作業員たちがレービンさんの指導で一本一本チューブを心棒に立てかけていく。初めのうちは簡単な作業だが、ぐるっと回って二九〇本目近くになるとなかなか入りにくくなり、最終的にチューブが二本残ってしまった。失敗である。

今度は慎重に一本一本整列させながら立てかけていったが、それでも最後の一本が浮いているような気がする。

「この浮いているのを、上から叩いていいのですか?」

僕は竹べらに布を巻いたものを持ってレービンさんに聞いた。

「全体を均すためならやってもいいが、特定の一本を押しこむために叩くのはよくない。はい、やり直し!」

なかなか難しいものである。

「ところで佐藤さん、皆が使っている手袋の硫黄脆弱性試験はやっているね？」

「えっ！　鑞材やチューブを補強するバンドの鉄材はしたけれど、手袋はやっていませ
ん」

「駄目だ。チューブに触るものはすべてチェックしないといけない、この色鉛筆だってそうだ」

レービンさんはバンド位置を示すためにチューブに書き込みを入れる色鉛筆を持って言った。


結局、手袋や色鉛筆、チョーク、ガムテープなどチューブに触れる可能性のあるものすべての硫黄脆弱性試験が追加された。また、今日作業に使われたチューブは洗浄に回された。硫黄含有量が多いかもしれない手袋を使ったからだ。

余計な作業が発生したが、これがレービンさんに来てもらった効果なのだから、文句は言えない。

気の毒なのは友人の高橋班長である。雑多なものの硫黄脆弱性試験を大急ぎで行うはめ

になってしまった。今回は管理班を通して炉を空けてもらったため二日間で終えることができた。

特に硫黄含有量が多いものはなく、再びチューブの立てかけが行われた。今回は慣れもあってスムーズに運んだ。きれいに並んだチューブの上から補強用のバンドを数本テープで仮止めした。工場に推力室の形状をしたチューブの小山が出現した。

補強用のバンドは実際には数本では済まない。最終的にはノズル部分に十本、燃焼室部分にも同程度巻く。ノズル部分はバンドとバンドの間が広く、ノズルがチューブで構成されていることが外から見て分かるが、燃焼室部分はバンドの上にさらにバンドを巻くため、外からだと鉄板で構成されているように見えてしまう。

テープで仮止めした数本のバンドはこのあと溶接すればいいのだが、溶接に関して小石川は自信がある。毎年技能オリンピックで入賞者を出していて、腕自慢の溶接技能者はたくさんいた。したがって後はレービンさんの立ち会いなしで溶接しておくという約束で、ひとまず帰ってもらうこととした。

一月後、レービンさんは鑞付けの技能者マイルズを連れて再来日した。先月完成した小山を形成しているチューブ同士を銀鑞で手鑞付けするのだが、このような作業は僕らにとって初めての経験である。ロケット工場課の長野さんは誰を鑞付け担当にするか悩んだらしい。腕に覚えのある溶接技能者をあてるのは簡単だが、そのような男はたいてい頑固で、新しい技術を素直に吸収してくれるか不安があった。

結局長野さんは作業員の希望も聞いて、加藤、松村、坂本という入社間もない若手三人を抜擢した。

本物の推力室の鑞付けをする前に、レービンさんの指導で僕らはまずチューブ三十本、スロート部を含めてバンド三枚の鑞付けモデルを造り、それを斜めに立てて練習した。

溶接用ガスバーナーの炎でチューブをゆっくり加熱すると、チューブが赤熱してくる。そこに銀鑞の棒を近づけると銀鑞が溶ける。タイミングを見計らって炎と棒をチューブから離すと、溶けた銀鑞がチューブとチューブの隙間に流れていって、冷えるとチューブ同士がしっかりとくっついて固定される。

言葉ではこのように簡単だが、実際に行うとコツが要り、かなり難しい。初めにマイルズが手本を示し、加藤君たちがそれに倣って練習をする。

「ダメ、初めからそんなにチューブを加熱しない」

マイルズが叫ぶ。

「チューブはゆっくり加熱していくこと、そうそう」

「炎、近づけすぎ」

「はい、炎を離して！」

マイルズの注意が次々と飛ぶ。

工場は文字通り熱気に包まれた。


昼休みに僕は加藤君たちと話した。

「ここへ来る前はどこにいたの？」

「ジェットエンジンの組み立て工場です」

加藤君が言った。

「ええっ！　ジェットエンジンの組み立ては皆がやりたがっている職場じゃない？　そこを振ってこっちへ来たの？」

「はい、新しくロケットを始めると聞いたので希望したんです」

「でもロケットの仕事は内容がまだ詳しく分かっていないよね？　よく決心したね」

「ともかくロケットの仕事をしたかったんです」

加藤君が言った。

「ここへくる競争率は高かったんですよ」

松村君が言った。

「そのうち種子島にも行けるんでしょう？」

坂本君が聞いた。

「そう、行ってもらうことになる」

うおー、歓声が上がる。高校を卒業して一、二年、皆、人を押しのけてもロケットをやりたいのである。


午後はバンドとチューブの鑞付けの練習である。

炭素鋼のバンドは厚さが三ミリあり、その表面から炎を当てていって、バンドだけでなく、バンドの裏面に接しているチューブまで温めないといけない。バンドとチューブが温まったら、上の方から鑞をその間に流し込む。流した鑞がバンドの下の方から流れ出てきたら成功である。手早くやらないとバンド裏のチューブが冷えてうまく鑞が流れない。

午前のチューブだけの鑞付けとは格段の難しさがある。マイルズがやると簡単そうに見えるが、加藤君たちがやっても、なかなかうまくいかない。

「多くのチューブをいっぺんに付けようとしないで、そうだな、初めは五本くらいから始めよう」

「バンドを満遍なく温めるため、バーナーを小まめに動かして！」

「鑞を流し込んでいる時にもバーナーを弱めに当てて」

バーナーの音に負けないようマイルズが大声をはりあげる。


一応チューブとバンドが固定された。

「さあ、裏を見てみよう」

マイルズに促されてチューブの裏面に回った。

「ありゃ、なんだこれは！」

加藤君が叫んだ。

チューブ裏面は、鑞が流れてきている部分と流れてきていない部分とでまだらになっていた。実際には、このチューブ裏面が推力室の燃焼ガスが当たる側になるのだから、鑞が均一に流れてきていないと困る。

「加藤くん、初めてなんだからしょうがないよ」

僕が慰めた。

「鑞がキチンと流れてきていないとダメなんでしょう？」

加藤君が聞いた。

「そう、燃焼ガスが外に漏れてしまうからね」

僕が言った。

「実際に推力室を鑞付けする時には、この裏面は見えないですよね？」

加藤君が聞いた。

「そう、心棒を外すまで見ることができない。だから〝これでいける〟というところまで技倆を上げておくことになる」

「心棒を外した時、鑞が回っていないところがあったら、どうするんですか？」

加藤君が不安そうに聞いた。

僕は同じ質問をレービンさんにした。

「その時には、推力室の内側から補修することになる。内側は狭くて作業しにくいから、なるべくそんなことにはならないようにして」

「一応、補修することはできるんですね？」

「できることはできる。ただ、いったん付いている周りのチューブにまで影響があるので、補修そのものも難しいよ」

難しくても僕らはやらなくてはいけない。できるなら外側から一回でうまくいくまで腕を上げないと……。

加藤君たちの目の色が変わった。彼らはそれから数日練習に明け暮れた。

加藤君たちの技倆がある程度のレベルに達したので、いよいよ本物の推力室の鑞付けにとりかかることにした。

僕は前からの約束通り、事業団の小栗さんに電話した。

「小栗さん、推力室の鑞付けができるようになりました。ご覧になりますか？」

「そう、見られるようになった？　すぐ行きます、ちょっと待ってください」

電話口を押さえて高島さんと相談しているらしかった。

「佐藤さん、高島課長は抜けられない会議があるそうだから、私一人で行きます」

「分かりました。五日市線拝島駅からタクシーで来ていただけますか？」

ということで、小栗さんはその日のうちに浜松町から瑞穂工場に飛んできた。

「佐藤さん、思ったより早くできるようになったね」

小栗さんもプロジェクトが順調に進んでいるのが嬉しそうだった。

「はい、おかげさまで！」

「こちらがロケットダイナミクスのレービンさんです」

　僕はレービンさんを紹介した。

「ミスター小栗、よろしく」と言いながら彼は名刺を取り出した。

　僕はびっくりした。それまでロケットダイナミクスの人は名刺を持っていなかったからだ。ロケットダイナミクスに限らずその頃一般にアメリカのビジネスマンに名刺を使う習慣はなかった。

　初めてロケットダイナミクスを訪問した時にも、名刺を持っていたのは、クレイトンさんとショージ・佐藤さんだけだった。

「レービンさん、その名刺どうしたの？」

　僕は聞いた。

「ショージ・佐藤が〝これから日本に行くエンジニアは必ず名刺を持って行くこと〟と言って作ってくれたんだ」と言いながら彼は僕にも一枚くれた。

　なるほど、日本人のショージ・佐藤さんだから気づいてくれたのかもしれない。名刺は便利だと……。

　レービンさんの肩書は燃焼室スペシャリストとある。燃焼室の専門家というわけである。

「佐藤さん、機械加工物と違って、これが一番気がかりだよね」

工場の製作現場に入りながら小栗さんが言った。

「そうですね、二九二本のチューブを手鑞付けで付けるなんて日本じゃ初めてですから。僕らもチャレンジのしがいがあると思っています」

「作業者は三人も要るの？」

「プロジェクトの進行上は二人でも大丈夫ですが、病気とか何かあると影響が出ますので三人養成することにしました」

「なるほど、その方が安心ですよね」

僕らは加藤君たちが実物の推力室の鑞付けにとりかかろうとしているのを見ながら、いろいろと話しあった。

「佐藤さん、これ練習用の推力室？」

「いや、本物です」

「練習用のは要らないの？」

「要りません。若いのが頑張って腕をあげているので、練習用の推力室は要らないだろうという判断です」

「それは、予算的には助かるね」

小栗さんが言った。予算担当者としては喜ばしいことなのである。

鑞付けは推力室の一番細くなっているスロート部分のバンドから着手された。トップバッターは加藤君である。マイルズの指示でバンドが上下にずれないように治具を仮付けして、いよいよスロートバンドの加熱が始まった。製作現場に緊張が走る。加熱部から上がる煙を松村君がハンディ扇風機で吹き飛ばす。やがてスロートバンドが赤熱してきた。すぐには銀鑞の棒を近づけない。マイルズと加藤君がタイミングをはかっている。

阿吽の呼吸で加藤君が棒を近づける。鑞が溶けてバンドとチューブの間に流れていく。やがてバンドの下に鑞が流れ出てきた。見ていた全員から〝ほう〟とため息が漏れた。成功である。
五、六本付けたら、心棒を回転させて反対側のチューブに移る。ひずみを防ぐために対角線状に鑞付けしていくのは、大きなフランジをボルト締めする時と同じである。
このようにして僕らの推力室の鑞付けは始まった。

5

推力室の鑞付けが始まって、僕の次の仕事は噴射器の製造に移った。そのことに触れるまえに、僕は噴射器について書き加えておかなければならない。

噴射器は直径約六〇センチ、厚さ四、五センチの丸いステンレス鋼盤で、燃焼室に面している側に銅のリングが鑞付けされている。銅リングの表面から見るとバームクーヘンの断面のようだ。バームクーヘンの各年輪が噴射器の銅リングに相当し、年輪と年輪の間の薄い膜が噴射器のリングとリングの間の鑞に相当する。

これらのリングはステンレス鋼盤に掘られた溝にはめ込まれ、水素炉内で金鑞により鑞付けされる。各リングから噴射される推進薬は、最外周から燃料、酸素剤、燃料、酸化剤と順になっていて、中心からは点火用の燃料が噴射される。

各リングには直径一、二ミリの多数のオリフィス（孔）が開けられていて、そこを通って推進薬が勢いよく噴射される。オリフィスの噴射角度は表面に対して斜めになっていて、同じ推進薬同士が激しく衝突し液滴となって燃焼室内に飛び込んでいく。

なおリングが並んでいる噴射面の直径の半分辺りに高さ四、五センチの円筒状のバッフルが立てられていて、そのバッフルに直角に六本のフィン（薄板）が外周に向かって放射状に伸びている。したがって噴射面は七つの空間に分けられることになるが、これらのバッフルとフィンは高周波燃焼振動を防止するために設けられていて、このおかげで僕らのLB－3エンジンは野沢さんたちのエンジンのように消えてしまうことはない。

厚いステンレス鋼盤は、リングを置く台座になっているが、リングの裏側（上流側）から見ると車のホイール・カバーのような形をしている。このホイール・カバーのスポークの中を側面から入ってくる燃料が流れ、何もないところには上面から液体酸素が流れていく。ステンレス鋼盤の側面は全周窪んでいて、推力室からの燃料がこの窪みに集まり、そこからスポーク内に流れていく。

レービンさんが帰国する前に、僕らはちょうど機械加工中の噴射器鋼盤とリング用の銅板を見てもらうこととした。

田無工場の機械加工室ではＮＣマシーン（数値制御マシーン）で噴射器鋼盤が盛んに削られていた。正樹さんが傍に立って状況を見ていた。調子は良さそうだ。

「試し加工はしたの？」

レービンさんが聞いた。

「普通鋼で一回しました」

　正樹さんが答えた。

「そう、問題なかった？」

「大丈夫でした。本番のは３４７クレス（耐蝕鋼）なので材質の違いには気をつけています」

　この３４７クレスは元々高い強度を持っているのに、このエンジンでは鍛造することでさらに強度を上げている。見るからにゴツくて頑丈そうだ。

「ロケットエンジンは何より軽くしようとしているのに、これだけは、なぜこんなに分厚くしているんですか？」

　僕はレービンさんに聞いた。

「簡単さ、燃焼室の圧力がすべてこの鋼盤にかかり、ここを通して機体に伝わるから。燃焼室の圧力だけでなく、ノズルで発生した力も燃焼室の壁沿いに伝わってくる」

　レービンさんが即答した。

　八八トンもの力がすべてここを通るのなら、この厚さもむべなるかな、である。

　この噴射器本体の鋼盤にかかった力は、噴射器の上にかぶせられるドームとジンバルを介してエンジン・フレームに伝えられ、そこから機体に伝達される。

噴射器本体の次は銅リングの番である。正樹さんが隣室の銅板を加工している場所に案内してくれた。銅リングはリング状に切断される前に一枚の円盤のまま、まずオリフィスがＮＣマシーンにより開けられる。

「この銅はＯＦＨＣ銅だよね？」

レービンさんが聞いた。

「そうです。日本の規格でも同等のものがありますが、米国の規格のものを使っています」

正樹さんが答えた。

ＯＦＨＣ銅というのは、熱伝導度の高い無酸素銅である。無酸素銅の規格は日本にもあるが、僕らはロケットダイナミクスの指導通り米国規格のものを使っている。

「普通の無酸素銅とどこが違うの？」

僕は聞いた。

「酸素の含有量を極限まで減らしている。高温の燃焼ガスにさらされた時の耐久性が違う」

レービンさんが答えた。

「何か不具合があったんですか？」

「そう、はじめ普通の無酸素銅を使っていたんだが、それだと燃焼試験後調べてみると表面にプツプツが出来てボロボロになってしまうんだ」

「銅に含まれている酸素が悪さをするということ？」

「そう、それで新しく規格を作った。これは輸入したの？」

「いいえ、国産しました。大した量を造るわけじゃないけど、勉強だからと造るメーカーがいたんです」

正樹さんが答えた。

今でこそ、すぐ採算性がどうのこうのと言われてしまうが、その頃のエンジニアたちはロケットと聞くと何でもトライしてくれた。その結果たいてい造ってしまう実力が各企業に備わりつつあった。

日本は高度経済成長への離陸をはたし、さらに前進しようとしていた。

数日後、レービンさんは噴射器を炉に入れる前にまた来ることを約束して帰った。

6

夏休みになった。その頃の小石川には七月末に一週間、八月のお盆の頃に四、五日の夏休みがあった。山男の田所君に誘われて僕と石田は七月の夏休みに槍ヶ岳に登るツアーに参加することにしていた。石田がダメもとで麻由子さんを誘ったら、なんと「行く」という。僕らは狂喜した。

夏休みに入った土日を外して月曜日の早朝に僕ら二十人ばかりの一行はバスで上高地に向かった。午後遅くに上高地に着いたが、どこからも眺められる穂高連峰の美しさに胸が高鳴る。日暮れまでまだ間があるため僕らは河童橋から明神池まで散策することとした。

「麻由子さんは、山は初めてなの?」

石田が聞いた。

「そう、山は高尾山くらいしか登ったことない。佐藤さんは?」

「中学生の時、八甲田山に登ったことがある。それだけかな、石田は?」

「大学の時、乗鞍に登ったことがある」

僕ら初心者に対して会社の山岳部に所属する田所君は毎年北アルプスのどこかに登っているという。


心地よい樹林を抜けて歩くこと四十分で明神池に着いた。池は薄暮のなかにひっそりと佇んでいた。写真で知っているより小さいなという印象である。皆、思い思いに写真を撮ったり、腰を下ろしたりしている。

「ここだろう、例の少女が全裸で入ったのは……？」

石田が言った。最近話題になった写真集のことを言っているのだ。

「そう、絵になるね。美少女が水浴びしているなんて……」

「麻由子さんはどうだろう？」

「いいかも、少女じゃないだろうけど」

二人の声が小さくなる。

「あなたたち、何をヒソヒソ話してるの！」

「あ、はい」

神聖な場所に来ているのに二人は妄想をたくましくしている。

翌朝早く上高地を出発して梓川沿いに槍ヶ岳に向かった。二〇人の仲間のなかには僕らのように初心者が多く、ペースはゆっくりゆっくりである。

明神池から横尾までは美しい樹林が続き、高度も上がらず快適である。横尾から先、視界が開けて左手に前穂高岳、奥穂高岳の稜線がくっきりと望まれ、その堂々たる山容に圧倒される。また横尾山荘前の広場に点在するカラフルなテントが僕らの羨望をさそう。

一ノ俣谷の分岐を過ぎ、高度が上がるにつれて、皆しだいに無口になる。槍沢の急な登りではさすがに息が上がったが、夕刻までにはなんとか槍ヶ岳山荘に着いた。


夕食後、外に出ると満天の星が輝いている。中天に天の川が雄大に流れ、息を飲む美しさだ。

「わあぁ、きれい！　こんなの初めて」

麻由子さんが嘆声を上げた。

「麻由子さんは東京生まれ？」

僕が聞いた。

「そう、東京生まれで、東京育ち。天の川って本当にあるのね」

空気が汚れている東京では、晴天でも天の川は見ることができない。

「俺もこんなのは初めてだなあ」

東京育ちの石田も感激の面持ちだ。

「ねえ、北極星を探しましょう」

麻由子さんが言った。

「簡単さ、柄杓形の北斗七星を見つけて、その先端の辺を五倍延長したところにある。ほら、あそこ！」

星を見慣れている田所君が説明してくれる。皆、小学生の頃に戻って北極星を捜した。


ベンチに落ち着くと、やはり星の話になった。

「ねえ、天の川の星って、いくつあるの？」

麻由子さんが聞く。

「およそ一千億個と言われている」

僕が答える。

「ええっ！　ほんとう？　誰が数えたの？」

「イギリス人、ハーシェルが初めてだけど、その後いろいろの人が数えている」

「ねえ、あそこまでどれくらいの距離があるの？」

「近いところで五光年。遠いところで十万光年くらい」

麻由子さんが尋ねるのに、僕がもっぱら答える。

「そんな遠い距離、どうやって調べるの？」

「例えば、春分の日と秋分の日に星の見える角度を測る。その角度から地球公転半径を使って計算する。でもこの方法だと角度が小さくなると限界があって、三百光年くらいまでしか測れない」

「それじゃあ、それ以上はどうするの？」

「星の明るさを測って決める。星の明るさに絶対等級とみかけの等級があり、それを比較することで距離を計算できる」

「ふうーん、よく分からないけど、計算できるのね」

彼女は不服そうだが、さすがにこの計算方法を説明するのは難しい。

「次、宇宙の年齢は？」

彼女の興味は、なかなか尽きない。

「百五十億年くらいと言われている」

「それってどうやって分かったの？」

「ウイルソン山天文台のハッブルが遠くの星ほど速い速度で我々から遠ざかっていること

を発見した。その星までの距離を遠ざかる速度で割ると時間が現れる。初めこの時間は何だと思われていたが、誰かがこれって宇宙の年齢じゃないかと言いだした」

「それで計算したら百五十億年となったわけ？」

「そう、測定によりばらつきがあるけれど、百三十億から百八十億年と言われている」

「佐藤さんって、何でも知ってるのね」

彼女の瞳がキラキラと輝いている。

この時、他に誰もいなかったら、僕は彼女に接吻していたかもしれない。


翌朝も天候にめぐまれ、僕らは槍ヶ岳山頂に向かった。

山頂への最後の壁には鎖や梯子があり、僕らでも容易に登れる。麻由子さんも頑張って、結局僕らは三十分ほどで山頂に立てた。遠く北の方に立山や薬師岳の北アルプスの山々が、南に目を転じると間近に穂高連峰や笠ヶ岳が見え、常念岳の先には八ヶ岳まで望まれる。

僕は思わず麻由子さんの手を握った。すると石田も「俺も」と言いながら手を差し伸べる。

皆、高揚感に浸っていると、

「あれ！」

田所君が大声を上げた。

北の急斜面から同じクラブの野村君たちが現れた。彼らはテントを担いで難所の北鎌尾根を登ってきたのだ。

僕は恐る恐る北鎌尾根を覗いてみた。絶壁である。

「ここを登ってきたの？」

僕は聞いた。

「そう」

野村君がこともなげに答える。

「北アルプスを縦走している。今日は奥穂まで行って、涸沢に一泊して明日帰る」

まったく山男の体力は底が知れない。

この山行で僕は麻由子さんとの距離を一気に縮めた。

7

一九七五年八月初めに僕は初めて種子島に渡った。米国のデルタロケットをほぼそのまま導入したNロケット初号機のエンジン点検のためである。

僕らが瑞穂工場で一生懸命推力室を造っている間に、実は初号機のエンジンはとっくに種子島に行っていた。国産のエンジンはNロケット初号機から四号機まで間に合いそうもないため、初めの四台はロケットダイナミクスから完成機を輸入した。その初号機は完成品のため小石川での作業は特になく、名古屋市の三峰重工清州工場でNロケットの機体に組み込まれて種子島に送られていた。

宇宙技術開発事業団の打ち上げ場（発射場）では打ち上げ前のエンジン点検作業があり、推力室組立の主契約会社として小石川もその作業を行う義務があった。

種子島空港に着いたYS－11機の扉が開くと〝むっ〟とするような暖かい空気が機内に入ってきた。タラップを降りる時にもう汗が噴き出す。

〝さあ南国にきたぞ！〟と感無量である。

種子島のほぼ中央にある空港から事業団のある南種子町へはバスで向かった。道の両側に群生している高さ五、六メートルの樹木が僕ら三人の目を引いた。根が樹上から地面に垂れているように見え、東京では見られない木である。同じバスに乗り合わせた女性がガジュマルだと教えてくれた。

二週間ほど滞在することになる民宿の堂園家に着くと、僕らを歓迎するようにハイビスカスやブーゲンビリアが咲き誇っていた。

堂園家の奥さんは、つい最近ご主人を亡くしたばかりで、たった一人で民宿を経営して残された三人の娘さんを育てている。上の則子さんが中学三年、中の亜紀子ちゃんが中学一年、下のさおりちゃんが小学二年と紹介された。三人ともとても可愛い。


夕刻、先に来ていた二段ガスジェット担当の弘田さんら四人が帰ってきた。

夕食の時に僕らがビールを飲んでいると、弘田さんが近づいてきた。

「佐藤さん、種子島では酒はこれだよ！」と言いながら僕に焼酎を勧める。飲む前からプーンと焼酎独特の強い臭いがする。

僕は焼酎を飲んだことがない。一緒に来た多崎君や坂本君も同じで怪訝な顔をしている。

僕は息を止めて一口飲んだ。

「まずい！」

弘田さんたちが爆笑する。

「佐藤さん、最初は皆そうなんだよ。でもそのうちこれでなきゃならなくなるから」

とニヤニヤしている。

「種子島には普通の酒はないの？」

多崎君が聞いた。

「種子島にはないわねえ」

奥さんが申し訳なさそうに言う。

東京で焼酎がまだ市民権を得ていない頃の話である。東京にもあることはあったが、安酒のイメージがあり、周りで飲んでいる者は少なかった。

奥さんによると、お酒を買ってきても栓を抜いておくとすぐ発酵してしまって、種子島では無理という。

これが帰る頃にはすっかり焼酎に魅了されてしまうのだから、根が酒好きということなのか？


宇宙技術開発事業団の種子島宇宙センターには、島の南端の竹崎発射場と、そこから三キロほど北の大崎発射場と二つの発射場がある。竹崎発射場は日本の宇宙開発が始まった頃に小型ロケットの発射実験に使われたが、今はほとんど使われていない。大崎発射場はNロケット打ち上げ用に新たに整備した発射場で、ロケット組み立て棟やロケット発射整備塔などが配置されている。

初日、僕らはロケット組み立て棟の事業団控室に挨拶を済ませ、三峰重工の事務所に向かった。そこにはアメリカで一緒だった村山さんがいたのでほっとした。初めての種子島で不案内なことが多い僕にとっては心強い仲間である。

事務所にはまたロケットダイナミクスのエンジニアもいた。

「佐藤さん、こちらがロケットダイナミクスのサヴィニオさん」

村山さんが紹介してくれる。

「よろしくお願いします。佐藤です」

「よろしく、佐藤さん」

アメリカ人にしては珍しく〝ミスター佐藤〟ではなく〝佐藤さん〟と呼んだ。

「種子島にはいつから来てるんですか?」

僕が聞いた。

「もう二カ月になります。何もない島ですね」

「食べ物は大丈夫ですか?」

「鶏肉があるから大丈夫です」

「サヴィニオさんは毎日鶏肉を食べてるんですよ。魚はほとんど駄目なので、われわれも助かってるんです」

村山さんが言った。

ロケットは既に発射台に立てられていた。そのロケットを発射整備塔がぐるりと取り囲んでいる。塔は十数階の鉄骨構造で、各階の床面に立つとロケット本体に直接触ることができる。作業者は塔のエレベーターで各階に登り、整備作業を行うことになる。なお、この塔はロケットを発射する時には左右に開いてレール上を後退することになっている。

僕は事業団の手順書貸出しコーナーから一段エンジンの整備手順書を借り出し、多崎君たちと整備塔の二階に登った。

二階に登るとエンジンは目の前にあるが、残念ながら燃焼試験スタンドのように剥き出しになっているわけではない。エンジンの上半分がロケット機体の外板に覆われているため、作業者は直接手を伸ばして作業できない。ロケット機体の底に潜り、そこから作業用の梯子を登ってロケット機体の底板に達し、そこで中腰で作業することになる。大柄の多崎君には真に申し訳ない作業環境である。

「エンジン・ニューマチック・コントロールに蛇腹ホースを接続して！」

村山さんの声が響く。

「了解しました、ちょっと待ってください」

三峰重工の作業員の声が中からくぐもって聞こえる。整備塔の床にあるコンソールから蛇腹ホースをエンジンに接続するのである。

「窒素ガスライン接続しました」

「了解、つぎ電気信号ラインをエンジン・リレー・ボックスに繋いで！」

「はあーい。電気信号ライン接続しました」

コンソールからのハーネスがエンジンに繋がった。

これでエンジンの各弁を機体の外から動かせるようになり、点検作業が始まった。

点検内容は弁の作動と漏れのチェックである。同じ作業が種子島に送られる前に三峰重工社内で行われているが、ロケットはこのように同じチェックを繰り返し行うのだ。

狭い場所で限られた人数で作業しているため、皆、すぐ親しくなる。

休憩の時の人気者は何といってもサヴィニオさんだった。イタリア系アメリカ人で気さくで親しみやすい。

「サヴィニオさん、休みの日は何をしてるんですか？」

僕が聞いた。

「パチンコ」

「パチンコ？　パチンコってアメリカにあったっけ？」

「いや、ない。でもそれくらいしかやることないから」

「入る？」

「全然！　球がなくなるとおばちゃんが気の毒がって一掴みくれる」

彼らが滞在している上中は南種子町の中心だが、そこでもパチンコ屋は一軒だけ、一軒の映画館すらない田舎町である。人口が少ないから当たり前で、外から来た僕らが文句を言う筋ではない。


ある日、早めに帰ってきたら堂園の奥さんたちが家の前の田圃で稲刈りをしている。

「おばちゃん、手伝おうか？」

多崎君が田圃に降りて奥さんから鎌を借りて刈り出した。なかなか上手いものだ。

「刈り取ったあと、ここには何を植えるの？」

僕が聞いた。

「また米」

「また米を植えるの？　米の二期作？」

「そうよ、お米が年に二回採れるの。いま採れた米は日本一早いコシヒカリとして評判なのよ」

僕は知らなかった。教科書では習った覚えがあるけれど、実際に二期作を行っているところがあるとは……。


宿に帰っても僕ら一段エンジン担当は勉強である。多崎君や坂本君にとってはロケットエンジンを見るのも触るのも初めてで、彼らには聞きたいことがいっぱいあった。

僕はまずエンジン系統図を渡し、液体酸素、ケロシンおよび弁駆動用の窒素ガスの流れをよく覚えるよう話した。例えば推力室に圧力がかかっている時に、どことどこに漏れ試験液をかければいいか理解してもらうためだ。


僕らが勉強していると、弘田さんが〝早く飲もうよ〟と迎えにくる。同じ宿で一方が飲んでいて一方が勉強しているのは、やりにくいのだ。そんな時には、まず僕だけが食堂に行って彼らの仲間に入れてもらう。

夕食には毎晩マグロの刺身が出た。

「おばちゃん、このマグロは毎日どこで買うの？」僕が聞いた。

「毎日、民宿組合が西之表から仕入れてくるの」

「西之表？　じゃ近海でとれたマグロなの？」

「いいえ、マグロは全部築地から来るのよ。近海ものも皆いったん東京に行って、そこから全国に発送されるわけ」

「そうなんだ、でも僕らは種子島のカツオやトビウオ、キビナゴのような近海物の方がありがたいな。そんなに苦労して手に入れているなら毎日マグロでなくてもいいよ」

「そうもいかないの！　東京の人はマグロを喜ぶからと組合が毎日仕入れて配るんだから」

東京一極集中の弊害がこんなところにもあるとは思わなかった。

一段エンジン点検は滞りなく済み、僕の初めての種子島出張は無事終わった。Nロケット初号機は九月初めに打ち上げられる予定である。

8

推力室の手鑞付けが最終段階に入って、僕らはまたレービンさんに来てもらった。

「おう、かなり綺麗に出来ているね、どれどれ」

レービンさんはロケット工場に入ると、さっそくハンディルーペを取り出し、一本一本丁寧に検査しだした。何も言わずに黙々とただ見る。

「佐藤さん、よく出来ている。これならマンドレル（棒治具）を外しても大丈夫だよ」

良かった！　レービンさんから合格をもらい、僕らはマンドレルを外すことにした。

臼形のマンドレルは一番細くなっているスロート部で上下に分かれている。僕らは慎重に上下に引っ張った。少しずつ鑞付けしたばかりの推力室の中からマンドレルが出てきた。マンドレルがすっかり外れると、見覚えのある推力室が現れた。ただし、まだチューブとバンドで出来ているだけである。

このバンドは高強度だが、ステンレス鋼ではないためすぐ錆びる。その都度溶接作業員がグラインダーで錆落としをする。

「レービンさん、どうしてこんな錆びやすい材質にしたんですか？」

久保君が聞いた。

「うん、ステンレス鋼なら錆びないし作業は楽なんだが……。考えてほしい、ロケットエンジンというのは三〇〇秒足らずで役目を終え捨てられてしまう。だから材料はできるだけ安いものを使う」

なるほど、そういうことなのだ。これらのバンドは推力室として完成される直前に銀色に塗装されて、ようやく錆から解放されることになる。

レービンさんには今回ロックス・クリーン設備と金メッキ設備を見てもらうことになっていた。

僕らは完成したばかりのロックス・クリーン設備に彼を案内した。地面に四メートル×五メートルで深さ三メートルほどの穴が掘られ、そこに同じ平面寸法で深さのみ四メートルのステンレス・スチールの溶液槽が置かれている。転落防止のため地面から一メートルほど高くしているのだ。

槽の壁面の上部に冷却用の配管、下部に加熱用の配管が何本も横に走っている。加熱用の配管に電流を流して加熱し、溶剤を蒸発させ、冷却用の配管には液体窒素を流して冷却し溶剤蒸気を液に還して外に漏れ出ないようにしている。

瑞穂工場に今までも小さな脱脂溶液槽はあったが、これほど大きなものは初めてだ。

「うん、よく出来ている。これで推力室も噴射器もロックス・クリーニングできるね。ところでサイトーさんは来たの？」

「いや、呼んでいません。資料だけで造れてしまったから」

僕が言った。

「そうか、彼としては残念だろうな。彼は熱烈なドジャーズのファンなのだ」

「そうらしいですね。今度アメリカに行ったらドジャーズ・スタジアムに連れていってもらえることになっています」

「それは楽しみだね」


次に噴射器の金メッキ設備を見てもらった。工場内には金メッキ設備は他にもあるが、液の組成が違うため新たに造ったものである。メッキ槽を前にして僕は彼に聞いた。

「レービンさん、噴射器本体と銅のリングは金鑞付けされるのに、本体にさらに金メッキするのは過剰要求じゃないですか？」

「そうでもないんだ。一九六〇年代に、これと似たようなエンジンの開発試験をしたんだが、初めのうちは問題なかったのに、繰り返し試験をしているうちに鑞材が剥がれてしまう不具合が発生した。それで金鑞材と親和性の高い金メッキを本体のステンレス鋼材の溝に施したら、二度とそのような不具合が発生することがなくなった」

「それでＬＢ‐３エンジンの噴射器に金メッキすることにしたんですね？」

「ＬＢ‐３エンジンだけではなく、その後のロケットダイナミクスのエンジンすべてに金メッキしているよ」

伊達に金メッキしているわけではないのだ。

9

九月九日の午後二時過ぎ、事業団の小栗さんから電話がかかってきた。

「佐藤さん、初号機がもうすぐ打ち上がるよ！」

初号機の打ち上げでは、小栗さんも種子島には行かなかった。完成機を輸入したので、エンジンに愛情が湧かないのは僕と同じらしい。

「そうですね、あと三〇分ですから予冷却も最終段階でしょうね？」

「そう、エンジン入口温度は十分下がっている。発射場安全班は最終確認に入った。佐藤さん、このまま電話繋いでおくよ」

「ありがとうございます」電話の周りに課の同僚たちが集まってきた。

種子島と浜松町の事業団本社とは専用回線で繋がっていて、社内放送で全員が種子島で行われているカウントダウンを聞いているが、僕らメーカーまでは繋がっていないので、小栗さんが好意で実況放送してくれるという。現在ならスマートフォンで実況が聞けるのに、この頃はそんな時代ではなかった。

「三〇秒前、予冷却終了」

エンジンの予冷却が終わり、緊張が高まる。

「二秒前、エンジンスタート」

エンジンは発射の二秒前に点火される。

「ゼロ、リフトオフ」

ロケットが発射台を離れた。

「ロケットは垂直上昇を開始」

ロケットが上昇して行く様が目に浮かぶ。

「七秒、ピッチプログラム開始」

機体を縦方向（東方向）に少しずつ倒していく。日本から打ち上げるロケットは地球の自転速度を利用できるので、ほとんど東方向に飛行する。

「三九秒、固体補助ロケット燃焼終了」

燃焼終了しても、空気抵抗の高いところを飛行しているため、すぐには投棄しない。

「一分二〇秒、固体補助ロケット分離」

固体補助ロケットが分離された。

「三分二八秒、ピッチプログラム終了」

機体はほぼ水平になっている。

「三分四四秒、第一段エンジン燃焼終了」

第一段エンジンの燃焼が停止した。

〝ほう〟という安堵の声が周りからあがる。

「三分五一秒、第一、二段分離」

この時点で分離された第二段よりも上の機体は水平距離で二〇〇キロメートル、高度九九キロメートルになっている。

「一段エンジンは無事燃えましたね」

「良かった。佐藤さん、種子島に行った甲斐がありましたね」

「はい、今回は大したことはしていないのですが、これからもこの調子でいくよう頑張ります」

「はい、よろしくお願いします。電話切りますよ」

「はい、ありがとうございました」

二十五分後に人工衛星を分離して、記念すべきNロケット初号機は成功した。僕らがいま造っているエンジンは信頼性確認試験などを実施しないといけないので、実際に使われるのはN5号機となる見込みである。

ともかく僕らは幸先のいいスタートが切れた。

秋になってレービンさんにまた来てもらった。

今回は噴射器の鑞付けである。

僕らは彼が来日する前に噴射器本体の厚いステンレス鋼盤の溝に銅のリングをはめ込むところまでは作業を済ませていた。もちろん溝は金メッキされている。

「うん、きれいにセットされているね。さあ、鑞材を入れていこう」

本体とリングの間の狭い隙間に作業員が練った金鑞材を丁寧に押し込んでいく。

「そうそう、鑞材は多すぎても少なすぎてもダメだからね」

「ここから漏れたらどうなるんですか？」

僕が聞いた。

「燃焼不安定になったり、噴射器表面が焼損したりする」

「漏れるかどうか、鑞付け後に分かるんですか？」

「目で見て、ある程度は分かる。鑞付け後に教えよう。厄介なのは鑞材が多すぎて、どこへ流れていったか分からない場合だ」

「そんな時はどうするんですか？」

「ハイフロー試験で流体抵抗が多くなると何かおかしいと分かる。最終的には燃焼試験で確認する」

「補修できるんですか？」

「補修はたいてい効かない」

僕らは今たいへん重要な作業に差しかかっているということなのだ。


リングに対する鐵材をセットした後に、円筒のバッフルと平板のフィンを組み付けた。これらの隙間にも鐵材を押し込んでいくことになる。

「レービンさん、これらのバッフルとフィンはどのようにして決めたの？」

「試行錯誤で決めた。これについては面白い話があるから、控室で話そう」


僕らは控室に移った。噴射器担当の小野君や推力室担当の久保君も同行した。

「一九六〇年代初め、アメリカは噴射器に起因すると思われる燃焼振動に悩まされていた。理論的解析もあったが、うまく解決できなかったんだ」

「プリンストン大学などの研究者たちの理論ですね？」僕が聞いた。

「そうだ。理論ではダメなことが分かったが、私たちには時間がなかった。そこでいろいろな噴射器を造ってテストすることにした」

「実機サイズの噴射器ですか？」

「そうだ、小さい噴射器というか、燃焼室では燃焼振動は起きないからね」

「ロケットダイナミクスのエンジニアたちは、噴射器の面に小さなボンブを取り付けて爆発させるボンブ・テストをしたんだ」

「ボンブ？　爆弾ですか？」

「そう、爆弾というより爆薬というべきかな。この小さなボンブは、エンジンスタートで燃焼圧力が上がるまでの短い時間は燃えないよう保護されていて、燃焼圧力が上がるとすぐに点火される。爆発による圧力がすぐ減衰するかどうかで、良い噴射器かどうか判定した。初めのうち、ほとんどの噴射器は不合格だった。しかしそのうち噴射面にバッフルとフィンを付けたら面白いように減衰した」

「バッフルとフィンの寸法はどうやって決めたんですか？」

「理論がないのだから、さっき言ったように試行錯誤で決めていった」

「ＬＢ－３エンジンの他にも適用しているんですか？」

「そう、アトラスのエンジンやアポロ計画のＦ－１エンジンにも使われているよ」

アメリカのこのようなやり方には、僕はほとほと感心する。理屈にとらわれず、まず、やってみようという彼らのチャレンジ精神はどこからくるのだろう？

飛行機のＮＡＣＡ（アメリカ航空諮問委員会）翼型だって、曲がりと翼の厚さを決めて造った翼型の風洞実験を徹底的に行ってデータをとり、誰でも利用できるようにしてしまう。しかもそのデータはアメリカ一国だけではなく世界中で使うことを許す。国土だけではなく心も広い大国なのである。

「バッフルとフィンの効果は燃焼振動の防止だけではない」

なんだろうという面持ちで皆レービンさんの顔を見る。

「衝撃を受けても不安定にならないと分かったので、これを付けて以降固体補助ロケットが使えるようになったんだ」

僕は〝ああ〟と思った。

「そう言えば、初期のロケットで補助ロケットを使っているのはないですね」

久保君が僕の思いを言ってくれた。

僕たちは控室を出て工場に戻った。既に鐵材はきれいにセットされている。

レービンさんが本体とリングの隙間の一筋一筋に至るまで鑞材の状況を調べる。鑞材の少ないところ、多いところが指摘されて、その都度作業員が修正する。

「さあ、これでOKだ。炉に入れよう」レービンさんが言った。

炉内鑞付けは高橋班長の出番だ。炉は真空炉でも水素炉でもいいのだが、僕らは水素炉を使うことにした。

噴射器を炉内にセットし、真空ポンプで炉の空気を抜き、不活性ガスで置換したのち、最終的には炉内を水素ガス雰囲気にする。この後、プログラムに従って自動的に温度を上げて保持し、それから下げることになるが、作業が終わるまで一昼夜かかるため、僕らは高橋さんに任せて引き上げることにした。

「高橋さん、じゃ後はお願いします」

「OK、任せといてよ。いつもやっていることなんだから」

彼にとっては通常の作業かもしれないが、僕らにとっては初めてのことで緊張する。

「明日、炉を開ける時にまた来ます」

僕は事業団の小栗さんも呼ぶべきかなと思いながら工場から引き上げた。

翌日の午後には炉が開けられ、中から噴射器が取り出された。

噴射器は水素還元雰囲気内に長時間さらされていたため、すべての汚れが消えて息を飲むような美しさだった。

「わあ、きれいなものですね！　佐藤さん」

小栗さんが歓声をあげた。

「そうですね、こんなになるとは知りませんでした」

鑞付けはうまくできたようで、鑞はきれいに流れている。

「さあ、見てみよう」

レービンさんが言った。

「どういうところを見るんですか？」

僕が聞いた。

「まず、鑞が隙間に均等に沈んでいるかどうか、それと表面から見て気孔がないか、鑞材が収縮していないかを見る」

「分かりました」

僕は検査員から虫めがねを借りて見てみた。

「気孔や収縮があると、どうなるんですか？」

「漏れの原因になる。昨日言ったように漏れは燃焼振動や噴射面の焼損につながる。見逃さないように！」

「はい！」

しばらく見てから僕は検査員と代わった。

「いま、レービンさんがおっしゃったように、気孔や収縮を注意して検査してください」

僕は虫めがねを返しながら言った。小石川では技術部の僕が見ても検査したことにはならないのだ。

最後にレービンさんが見て合格ということになり、僕らはほっとした。


控室に引き上げた全員が上機嫌だ。

「レービンさん、噴射器はどうして金鑞を使うの？　他の鑞材だとだめなのですか？」

今日の結果に満足してか、珍しく小栗さんがレービンさんに尋ねた。

「一番大きいのは高温で酸化しないことです。ロケットの燃焼室、特に噴射面の近くは強い酸化性雰囲気になっているから、この耐酸化性に優れていることが大切なのです」

「そう言えば我々の燃焼室も純粋の酸素を使っていますね」

「そうです。金鑞はその他腐食にも強いし、化学的に非常に安定しているんです」

「なるほど、他のエンジンも金鑞を使っているんですか？」

「はい、ほとんどのエンジンが金鑞を使っています。最近のエンジンではスペースシャトルのエンジンもそうです」

「そうか、金鑞は必然なのですね」

小栗さんが今度は僕の方を向いて独り言のように言った。予算をつける立場としては当然すぎる疑問だったわけである。

10

推力室チューブの鑞付けが終わり、燃焼室部に鑞付けされているバンドの上に、さらにバンドを溶接する作業に入った。

これらのバンドの上部に入口マニフォルド（渦巻き形多岐管）を溶接し、推力室は完成した。

推力室の二九二本のチューブの半分には下向きに、半分には上向きに燃料が流れる。燃料は推力室上部の入口マニフォルドから入り、半分のチューブを下り、ノズル先端の小さな円管でUターンして上がってくる。噴射器が組み付けられると、燃料は上がり管の出口から噴射器側面の窪んでいる円周状の通路に入っていくようになっている。

推力室と噴射器の一号機が完成したので、僕たちはこれも完成したばかりのハイフロー設備を使って、水流し試験を行うことにした。

ハイフロー設備は瑞穂工場の西南の一隅に横三〇メートル×縦二〇メートルの大きな面積を占めている。設備の大部分は深さ二メートルほどのプールで、二台のポンプはプール横の地下に配置されていて、起動する時に水が入りやすいようになっている。

ポンプ出口から立ち上がった配管は地表で水平に曲げられ、そこからまっすぐに試験スタンドまで伸びている。この水平な直線管の二箇所に流量計が取り付けられて流量が計測される。噴射器や推力室を通った水はそのままプールに戻されて一巡することになる。

二つのポンプの出口配管は、酸化剤側の試験をする時には並列に、燃料側の試験をする時には直列に組み合わされる。ポンプ出口弁および並列・直列を制御する弁は電動で遠隔から操作される。プール全面にはグレーチングが置かれ作業者の転落防止が図られている。

僕らはまず液体酸素ドームと燃料入口マニフォルドを模擬した試験用治具を試験スタンドに置き、その中に噴射器をセットした。燃料入口マニフォルドに水配管を接続し、同じマニフォルドに取り付けられた圧力計の較正を済ませてからポンプを起動した。

噴射器から水が勢いよく噴き出す。初めのうちは流量を絞って、僕はオリフィスからの噴出流が軸方向にまっすぐに出ているかを目で見てチェックした。オリフィスは斜めに開けられているものが多いが、そこからの噴出流はお互いに衝突して、細かい粒となって下流に流れていく。衝突後の粒々ももちろん軸方向に流れなくてはいけない。

良さそうなので、僕はヘッドホン越しに計測室の多崎君に言った。

「多崎くん、良さそうだから流量を上げよう。ポンプ出口弁を全開して！」

「了解、出口弁全開」

その瞬間、噴射器から大音響とともに大量の水が噴き出した。水煙を浴びた僕はびしょ濡れになった。

「わあ、多崎くん、出口弁全閉！」

弁を閉じ、計測室から多崎君たちが出てきた。大笑いしている。

「佐藤さん、近づきすぎ！」

「こんなにすごいとは思わなかった」

「いつも佐藤さんが言っていたじゃないですか？　ロケットの流量は半端じゃないって」

「そうなんだけど、真冬でなくて良かった」

「ハイフロー試験の時には合羽を着ることにしましょう」

毎回これでは堪らない。僕らは弁の開速度をゆっくりできるよう調整し、第一回目のハイフロー試験を終えた。

噴射器の流量と抵抗のデータも、ロケットダイナミクス製の噴射器との比較では特に異常はなく、合格と判定された。

数日後、推力室のハイフロー試験も終わり、外注していた液体酸素ドームも入荷したため、僕らは推力室組立の製造にかかった。

推力室、噴射器、液体酸素ドームの最終ロックス・クリーニングを実施して、三つの主要部品を組み立て工場に運んだ。

記念すべき初号機の組み立てということで、作業の最終段階では多くの関係者が作業を見守った。事業団の高島さんや小栗さんにも御足労願って、推力室組立の完成検査を行った。

首尾よく完成検査に合格した推力室組立は、十月初旬に専用のコンテナーに収納され、三峰重工清州工場に向けて発送された。

僕が初めてアメリカに行った時から二年と少し、技術資料を受け取ってからちょうど二年で完成させたことになる。推力室組立はできたが、Nロケット・プロジェクトはこれからが本番である。これから製造したエンジンの信頼性を確認するための燃焼試験を、ロケットダイナミクスおよび種子島で行うことになるからだ。

推力室組立を初めて三峰重工に送ったのを機会に、僕と小栗さんは三峰重工清州工場に出張した。推力室組立を事業団の完成品として三峰重工に支給する式典に出席するためだ。この推力室組立は三峰重工側のターボポンプなどと組み立てられてエンジンとして完成し、翌年早々アメリカに送られることになる。

推力室組立が無事三峰重工に受領された日の夜、僕らは名古屋市内で酒を飲んだ。

「佐藤さん、ここは学生時代を過ごした街ですよね？」小栗さんが聞いた。

「そうです、卒業以来来ていなかったから懐かしいですね。ところで小栗さんも日本航空機製造（日航製）の時代にはよく名古屋に来られていたんじゃないですか？」

「そうなんです。もうしょっちゅう来てました。本社は東京でしたが、どっちが職場か分からないくらいでした」

「日航製では何を担当されていたんですか？」

「脚の開発を担当していました。私が入社した時にはもうＹＳ‐11の機体は完成していましたが、重心位置が狂っていて、主脚が前すぎることが分かったのです」

「前すぎると、どうなるんですか？」

「エンジンをフルパワーにして離陸滑走を始めると、前車輪が浮いてフラフラして、まっすぐ進めなくなるんです」

「危ないですね？」

「そうです、試作一号機は機首の方に重しを載せて対応しましたが、量産機はそういうわけにもいかないから、脚を設計し直すことにしたんです」

「でも、もう試作機が出来てるんじゃないですか？」

「ええ、特に主脚の取り付け位置が変えられないので、脚全体を後ろに傾けて対処しました」

　小栗さんのＹＳ‐11開発の苦労話は尽きなかった。

「僕は小栗さんが羨ましいなあ。エンジニアはやはり開発でしょう。ライセンス生産よりずっと面白いですよね？」

「佐藤さん、それもそうですけど、今やっている仕事だってとても大事ですよ。だって日本に液体ロケットエンジンなんてなかったんだから。これをキチンと造って飛ばすことが、いま私たちに求められているんですよ」

「そうですね。でも将来、開発エンジンをやれることってあるのかな？」

「あります。Nロケットの次は液体酸素・液体水素エンジンのHロケットを造ろうと検討しているグループがいるんだから」

「そうなったらぜひ担当したいものですね」

「佐藤さん、その時に備えてしっかり勉強しておきましょう」

その夜、僕らは改めてお互いに精進することを誓った。

11

推力室の初号機が出荷されたので僕たちは少し余裕が出てきた。

そんなある日、山田さんと技術研究所の志村さんに呼ばれた。

「佐藤さん、推力室の壁温度を計算してほしいんだけど……」

山田さんが言った。

「僕もやるべきだと思っていました。ただ造るだけではつまらないですから」

「推力室の燃焼ガス側の温度が高くなって応力が材料の降伏点を超えるとクラック（亀裂）が発生するとサットンの本に書いてあるが、あの〇・三ミリのチューブ壁の中がどうなっているのか明らかにしたいんだ」山田さんが言った。

ロケットの推力室の、特に一番細いスロート部分の壁は、厳しい熱を受けて材料が耐えられる限界を超えているはずで、そのようになると、燃焼試験をする度にクラックが伸展し、ついには破壊される。そのようなことにならないように、普通は燃焼試験回数を制限して対処している。

「計算方法は分かるんですが、繰り返し計算が必要なので、コンピュータでやった方がいいと思います。プログラム開発に時間がかかります」と僕は言った。

その頃小石川にはようやくユニバックの大型コンピュータが入り、豊洲総合事務所で、まず給料などの経理計算に使われていた。技術計算プログラムは市販のものはほとんどなく、技術者たちが自分でプログラムを組んでいた。当時のプログラムを組むコード（法則）はフォートランⅣで、紙に書いたプログラムをキーパンチャーにカードに打ってもらい、コンピュータに読み込ませていた。フォートランⅣでプログラミングした経験のある僕は、その作業の大変さを思って戸惑っていた。

「佐藤さん、プログラミングはうちの山内くんにしてもらうからチェックしてほしいんだ」

志村さんが言った。

「研究所の燃焼研究グループとしては当然持っていなければならないプログラムで、前々から組んでいたものがそろそろ完成する。しかし使えるものなのか分からない。佐藤さんが実際の推力室を担当しているのでちょうどよかった。使ってみてほしい」

良かった。僕はプログラミングの作業からは解放された。出来たプログラムを点検することと、実際の推力室寸法や燃焼ガス物性値を入れて壁の温度を求めることが僕に任された。それから二、三か月、僕と山内さんはそのプログラムを完成させることに没頭した。

ある日、工場の方から、推力室のノズル出口に近い方にペンチを落として孔を開けてしまったと連絡があった。

「どうした?」

駆けつけると、松村君がしょんぼりしている。

「ここの排出口のナットが緩まないよう回り止めの針金を巻いていたんですが、手を滑らせてペンチを落としちゃったんです」

ノズル出口には上から流れてきた燃料がUターンできるように直径二〇ミリほどのマニフォルドが全周にわたり鑞付けされているが、そこに設けられている小さな排出口を塞ぐ作業をしていた時のトラブルというわけである。チューブの一本に直径三ミリほどの孔があいていて、破れたニッケルチューブの切れ端が中にまくれ込んでいる。

「佐藤さん、造り直しじゃないですよね」松村君が心配そうに聞いてくる。

「大丈夫補修できると思うけど、どうやるのかな？」

お客様に完全なものを渡すのは理想だが、現実にはそういうわけにはいかないことが多い。そのような場合に備えて僕らは宇宙技術開発事業団との間に品質保証プログラム契約を結んでいる。修理して当初設計通りの機能が発揮できるのならその不具合品を受け入れてもらえる。高価なものだから造り直しを避けようという実際的な方法である。

不具合を事業団に申請する書類をマテリアル・レビューMRと呼んでいる。B5サイズの用紙一枚に不具合内容、修理方法、問題ないことを記載する簡単なもので、日常的に処理されている。ただし今回は修理方法が未定なため、不具合内容のみを記入したMRを発行し、小栗さんに届け出た。修理が終わるまでこのMRは完結しないことになる。

僕は不具合の内容をロケットダイナミクスにテレックスで通報し補修方法の指導をお願いした。折り返し返事があり、補修指導のためレービンさんとマイルズを派遣してくれることとなった。

「佐藤さん、今回の補修は簡単だから、それだけではもったいない。別の不具合の補修方法も教えるから、他の不具合モデルを造ろう」着くなりレービンさんが言った。

「別の不具合？」

「そう、まず窪みや孔あき、それから切断があって、できればチューブが二、三本切れた状態のものがいい」

「窪みが補修できそうなのは分かるけど、チューブが二、三本切れたのも補修できるの？」

「できる。我々は何でも補修したものだ」とレービンさんは自信満々だ。

僕らは大急ぎで不具合のモデルを造り、補修の指導を受けた。

まず、窪みである。

「窪みが小さい場合には、窪みの上に鑞を盛るだけ」とレービンさんが指示し、マイルズがやって見せる。

松村君、加藤君、坂本君が交互にトライする。これは簡単にできた。

「窪みが深い場合には、その部分を切り取ってしまう。これは孔あきと一緒だから後でやろう」とレービンさんが言った。


孔あきの場合は、開いた孔を長方形に成型し、その長方形よりも少し大きめの板を別のチューブの同じ場所から切り出す。切り出された切片に三〇センチくらいの針金を鑞付けし、作業用の持ち手とする。その持ち手を持って切片をチューブの中に慎重にはめ込む。

「誰かこの切片を持っていて！」

マイルズがバーナーの音に負けないように大きな声を上げる。坂本君が切片の持ち手を持ち、切片とチューブを接触させておく。マイルズがバーナーの炎をゆっくりと近づけ、チューブと切片を温めていく。

やがて両方とも加熱されて赤くなる。タイミングを見計らって鑞材の棒を近づける。鑞が溶けてチューブと切片の間に浸透していくのを見て、さっと棒と炎を離す。

冷えると見事に切片が着いている。補修の完成である。

「レービンさん、切片はチューブの外に置いた方が簡単に鑞付けできると思うけど……」

僕が聞いた。

「鑞付けは簡単だが、エンジンが作動している時は、チューブは中から圧力がかかっているから、この方が安全なのだ」

なるほど、その通りである。


チューブを切ってしまった時の補修方法も同じだ。切れてしまったところを大きめに切り取って、そこに補修用の切片をはめ込めんで鑞付けをする。


坂本君たちが練習を積んでいるのをマイルズに任せて、僕はレービンさんとコーヒー・ブレイクをとった。

「レービンさん、いまチューブ壁の温度を計算してるんですが、どうも上手くいきません。壁の温度が高過ぎるんです……」

「高過ぎるって、どれくらい？」

「材料のニッケルが溶ける温度以上になってしまう」

「それはおかしいね」

僕たちの計算プログラムは一応できた。燃焼ガスの物性値がおかしいのか、何度計算しても壁が溶けてしまう。

「私は計算したことはないからなんとも言えないけれど、壁に着く煤の効果は入れた？」

「煤？」

「そう、燃焼で出来る煤。ケロシンのような炭化水素燃料は燃えると大量の煤を発生する。その煤が推力室の壁に付着して、これが結構な熱防御材になるらしい。ミスター・ナカイに聞いたことがある」

うっかりしていた。なるほど、煤なら熱を伝えるのに抵抗となりそうだ。

「ミスター・ナカイ？　日系人ですか？」

「そう、日系二世で燃焼室開発グループに所属している」

「煤をどのような形で伝熱プログラムに取り込むのかな？」

「帰ったらミスター・ナカイに聞いてみるよ」

「ありがとう、お願いします」

もちろんロケットダイナミクスには、このような設計に関することを教える義務はない。個人的な付き合いのなかでレービンさんが好意で教えてくれているのである。

マイルズから技術指導を受けた松村君のチューブ補修は無事終わった。僕は空欄となっているMRの処置欄と解析欄を埋めてから小栗さんのもとに出頭し、補修の時に撮った写真を見せながら補修方法と補修後のチューブの状況を説明した。

「ああ、きれいになっているね。これなら問題ないでしょう」と小栗さんが言った。

「ノズル出口部分だからチューブの壁温度も低いだろうし何も心配していないけど、ちなみに何度くらいになるか分かってるの？」

小栗さんが聞いた。

「二〇〇度くらいですが、推定値です」

「ロケットダイナミクスは教えてくれるの？」

「いえ、回答してくれません」

「佐藤さん、悔しいじゃないですか。計算しようよ」

「ええ、いまやっているところですが、まだ途中です。計算プログラムの大筋は出来てるんですが、まだ実際と合いません」

「飛行機はね、出来上がって飛び始めるとエンジン出力を上げてくれという要求が必ず出てくるものなんだよ。ロケットも一緒だと思う。その時のために、このLB－3エンジンにどれくらいの余裕があるか知っておきたいんだ」

「分かりました。急いでやります。小栗さんはYS‐11で経験なさったわけですね？」

「そう、YS‐11を南米に売ったのはいいが、ある都市では高地のため夏の気温の高い日にはエンジン出力が不足して上昇性能が悪くなってしまう。現地からはエンジンの馬力を上げろとやいのやいの言ってくるし、大変だったよ」

「それでどうされたんですか？」

「エンジン・メーカーのロールス・ロイスに頼んで出力を一五パーセントばかり向上させたエンジンを開発してもらった。使っているダートエンジンに余裕があったからできた」


それから小栗さんからは過去の多くの飛行機開発物語を聞かされた。どの飛行機も開発を進めていくと必ず重くなってしまう。機体側で減量できなければエンジン出力を上げて対応することになるが、そのような例が数限りなくあることが分かった。

Nロケットがそうなるとは現時点では思えないが、僕らはともかくこのエンジンのことをもっと知っておこうと決めた。

レービンさんがアメリカに帰ってすぐ、推力室の熱伝達に関する文献が郵送されてきた。アメリカロケット協会の論文集に載った技術論文で、僕らは見落としていた。望み通り推力室に発生する煤が熱伝達に与える影響と、それをどのように計算プログラムに取り込むか記載されている。僕と山内さんはさっそくプログラムを修正し、計算をやり直した。

今度は壁が溶けるほどの温度にはならなかった。熱ひずみでクラックが発生するギリギリの温度になったが、これでいいのかはもちろん分からない。分からないが、同じようにニッケルチューブを使っているアトラスエンジンの単位時間・単位面積当たりの伝熱量（熱流束という）は他の文献から分かっているので、それらと比較することはできる。

「佐藤さん、ほとんどアトラスと同じ熱流束になったよ」山内さんが言った。

「熱流束が同じなら、壁の温度の確かさも推定できるね」と僕は言った。

「アトラスの推力はどの程度なの？」山内さんが聞いた。

「海面上でLB‐3エンジンが一七〇キロポンド、アトラスが一七一キロポンド」

「まったく一緒じゃない！　それじゃ私たちの計算は合っているよ！」と山内さんが叫んだ。

「そう思う。今度アメリカに行くから、できたらミスター・ナカイに会って聞いてみるよ」

ミスター・ナカイとはまだ面識はないが、レービンさんを介して接触したいものである。

第四章　信頼性確認試験

1

一九七六年の年明けとともに、僕たちはアメリカで行う推力室組立の信頼性確認試験の準備にかかった。信頼性確認試験とは、日本で製造した推力室や噴射器やその他の部品が、ロケットダイナミクス製のものと同等の品質を持っているかを確認するために行われる燃焼試験のことである。

燃焼試験は一つのエンジンでスタート回数一〇回、累積燃焼時間を定格燃焼時間の四倍程度行う。ＬＢ－３エンジンでは一一〇〇秒ほどの試験を行うことになる。使われるエンジンはとりあえず噴射器と推力室用に各二台。〝とりあえず〟と述べたのは、開発スケジュールを守るため、まずロケットダイナミクスのサンタスザンナ試験場で四台の試験をして、建築中の種子島の燃焼試験スタンドが完成した後、さらに四台追加することになっているからだ。

五月の初め。最初の噴射器試験が終わり、その噴射器が会社に戻ってくる前に、二番目の噴射器試験のため僕はアメリカに向かった。最初の噴射器、すなわちナンバー1噴射器の評価を待つ時間的な余裕がなく、続けて燃焼試験を行うためだ。五月二〇日にはサンフランシスコ経由でロサンゼルスに行くことにしていたが、サンフランシスコには早朝着いたので、乗り継ぎの間に憧れていた坂の街をケーブルカーで回ることができた。


三年振りのカノガパークでは、プログラム・オフィスのショージ・佐藤さん、ウエスターベルさん、技術部門のオーベルグさん、それに製造部のレービンさんが待っていてくれた。懐かしいメンバーと挨拶の後、さっそく試験の打ち合わせに入った。

「佐藤さん、ナンバー2噴射器が組み込まれているエンジンは来週から試験前の点検作業に入る。この作業は約一週間かかる見込みだが、来週末にはサンタスザンナ試験場に送ることができると思っている」

ウエスターベルさんがスケジュールを説明した。

「分かりました。僕も点検に立ち会います」

「燃焼試験は、最初は五〇秒程度の短い時間からスタートする。試験ごとに点検しながら燃焼時間を少しずつ延ばしていく」

オーベルグさんが試験内容について説明した。

「はい、それでトータル何回くらいの試験になるんですか」

「ナンバー1噴射器は一〇回行った。これもそれくらいになると思う」

「累積燃焼時間は一一〇〇秒くらいになるんですか？」

「それはなんとも言えない。様子を見ながら燃焼時間を延ばしていくが、累積燃焼時間はあまり気にしていない。でも一〇〇〇秒くらいにはなると思う」

「定格の二三〇秒試験もここではやらないかもしれないが、大丈夫。種子島でできることになっている。ここではともかく噴射器がきちんと出来ているかを見るのが第一目的で、耐久性の確認については種子島でやろう」

ショージ・佐藤さんが言った。

「分かりました。あとナンバー1噴射器を日本に送るのはいつ頃になりそうですか？」

僕は試験を終えたばかりのナンバー1噴射器の評価が気になっていた。

「来週には送れると思う。日本でカットする時には私が行く」

レービンさんが言った。噴射器は切断して点検されることになっている。

「ありがとうございます。レービンさん、日米を行ったり来たりで大変ですね」

「なぁに、大丈夫！　私は肉を食べているからね」

皆どっと笑った。レービンさんには僕の肉嫌いがバレているようだ。


打ち合わせが終わって僕は工場現場に向かった。

工場ではスミスさんとアレックスが待っていた。

「コイチ、待っていたぞ。今度の日曜日ビッグ・レースがあるんだ。行くか？」とアレックスが言った。おいおい仕事の前に競馬の話かよ！

スミスさんが苦笑いしている。

「佐藤さん。再会できてうれしい」

「こちらこそ、またよろしくお願いします」

「ファーストE&Mはアレックスと、もう一人メカニックをつけるので、その二人で行う。また検査員もつきます。今回はロケットダイナミクスの仕事なので、あなたは手を出さないように」

「分かりました。立ち会うのみとします」

ファーストE&Mとは、組み立て後に行われる初めての電気的（E）および機械的（M）

点検のことである。エンジンは打ち上げるまで何度もE&M点検が行われる。部外者が手を出してはいけないのは小石川と同じで、品質を確保するための世界標準手法だ。

　工場内エンジン・コンソールからエンジン・ニューマチック・コントロールに蛇腹ホースを、エンジン・リレー・ボックスに電気信号ラインを接続し、僕らのファーストE&Mはスタートした。もちろんこのエンジンには僕らが造った二番目の噴射器が組み込まれている。


　六月一日、エンジンはサンタスザンナに送られた。僕と三峰から派遣されている内田さんも、各々の車でサンタスザンナに向かった。

「ヨーネルさん、お久しぶりです。よろしくお願いします」

　僕は管理棟でヨーネルさんに再会の挨拶をした。

「おお、来たね！　三年振りだね。噴射器はちゃんと出来ているか？」

「そのつもりです。レービンさんにも度々指導していただいたし……」

「そうか、それなら大丈夫だろう。試験が終わるまで二か月くらいかかるぞ！」

「覚悟しています」

　ということで僕の二度目のサンタスザンナの生活が始まった。僕と内田さんは別々に控室をいただいた。日本人用に一部屋でも良かったのだが、ロケットダイナミクスが気を遣ってくれたのかもしれない。

エンジンはその日のうちにスタンドに取り付けられた。二日ほどかけて計測センサーの装着と較正を行い、その週の金曜日に第一回目の五〇秒燃焼試験を行った。

自分たちの造ったエンジンの最初の試験なので少し緊張したが、何事もなく終わった。

「佐藤さん、オシログラフで見るかぎり良いようだね。混合比の調整も必要なさそう」と立ち会っていたオーベルグさんが言った。

「そうですか、良かった。推力室に潜って点検するのは月曜日にできそうですね？」

「そうなると思う。ディック（レービンさんの略称）にも来てもらうつもりだ」と言いながら彼はデータを抱えてカノガパークに帰っていった。

次の週の月曜日、僕は推力室のノズル出口から中に入って、噴射器を目で見て点検することになった。エンジンはスタンドに垂直に吊るされているので、点検する人は、地面と同じレベルにあるスタンドの床（排出口の蓋）とノズル出口の六〇センチほどの隙間からエンジンノズル内に潜り込むことになる。

初めにレービンさんが懐中電灯を持って入っていった。中からくぐもった声がする。例によって彼は時間をかけて慎重に見ている。

二〇分ほどして出てきた。

「佐藤さん、次！」と言って懐中電灯を僕に渡す。見た結果については何も言わない。

「初め噴射器の面をざっと見て、あと外側のリングから一本一本丁寧に見ていく。焼損しているところとか、変色しているところがないか見ていく。少しでも気になることがあったら言って！」

「分かりました。そうします」と言って僕は潜り込んだ。

中は暗い上に狭い！　立ち上がるとスロートに肩が触れるので中腰のままである。ノズルの内面にびっしりと煤がついているのにはびっくりした。ケロシンが燃えたら煤が出るのは当たり前のはずなのに、それは僕の予想をはるかに超えていた。

煤よりもまず噴射器表面である。僕はレービンさんに教わったようにじっくり観察した。噴射器は焼損も変色もない。製造直後の輝きをまだ保っている。だんだん腰が痛くなる。噴射器の次にノズル内面のチューブである。煤をすかしてチューブ表面を丁寧に見たが、変わったところはない。僕は汗びっしょりになって外に出た。

「どうだった？」とレービンさんが聞いた。

「焼損も変色もありません。僕は大丈夫だと思います」

「それでいい。噴射器は合格だね。ノズルの方も見た？」

「見ました。ノズルも問題ないと思います」

「OK、今日のところは両方ともいいよ」

見終わったところにヨーネルさんが現れた。

「どうだった？」と彼はレービンさんに聞いた。

「問題ない。続けて燃焼試験できると思う」とレービンさんが答える。

「うん、良かった。さっきオーベルグさんから電話があって、混合比調整用のオリフィス交換は要らないというので、午後燃焼試験をする」

「金曜日にして、月曜日にもう二回目の試験ですか？」僕が言った。

「そうだ、やれる時にやっておかないと何があるか分からないからね」と言いながらヨーネルさんはマイケルたちに指示を出している。今日は忙しい一日になりそうだ。

僕の作業着にもレービンさんの作業着にも、ところどころ煤が着いている。僕はレービンさんが駐車場に戻る道すがらいろいろと聞いた。

「熱伝導の抵抗になるのは、あの煤ですね？」

「そうだけど、あのフワフワしたのだけではない。あの煤の下に出来ている硬い層が抵抗になる」

「それは何なの？」

「燃料に含まれる不純物が燃焼で溶けてチューブ表面で固まったものだ」

なるほど。それなら大きな熱抵抗になりそうだ。

「レービンさん、噴射器は燃焼が進むにつれて何を見ていればいいの？」

「うん、燃焼が進むにつれて鑞付けしたところが割れてくるかもしれない。焼損や変色も出てくるかもしれない」

「変色は小さい範囲の変色だよね？」

「そう、全体的に色がくすんでくるのは問題ない」

「それから、ミスター・ナカイに会えるかしら？」

「おっと、そうだったね。公式には会えないけど、ともかく聞いてみるよ。世間話なら問題ないだろうからね」

「ありがとうございます、お願いします」

レービンさんを見送って僕は急いでスタンドの方に戻った。二回目の燃焼試験に備えてマイケルたちが準備に入っているからである。

水曜日の昼、二回目の燃焼試験も無事終わり、僕はカノガパークの部屋で休んでいた。と、ひょっこりとレービンさんが日系人を連れて部屋に現れた。

「佐藤さん、こちらがミスター・ナカイ」とレービンさんが紹介してくれた。

「ミスター・ナカイ、お会いできてうれしいです」と僕は彼の手を握った。

「私に会いたがっている日本人がいるというから……」

「そうです、あなたは日本人の間では燃焼室開発の神様ですから」

「おやおや、そんなに名が売れているとは驚きだね。でもうれしいですね」

彼はロケットダイナミクスにおける燃焼室開発のエキスパートで、初期のロケット、アトラスやサターンの燃焼室開発を手掛けてきて、今はスペースシャトルのエンジン開発を担当している。

「スペースシャトルのエンジンは順調ですか？」

「いやそうでもないんだ。ようやくエンジン起動ができるようになったが、今はターボポンプの方が大変だ」

「そうですか、お忙しいのに申し訳ありません」

「いや、大丈夫だよ。昼休みに雑談するくらいなら……」

「ナカイさんはいつ頃からロケットダイナミクスで働いているんですか？」

「一九五五年からだから、かれこれ二〇年以上になる」

「そうなんですか。最初のうち、噴射器開発はどのようにしていたんですか？」

「参考になるものは何もなかったので、思い思いに描いた噴射パターンでともかく造ってみて燃焼試験をしたんだ」

「それだと噴射器を何個も造らなければならないから大変ですよね？」

「そう、燃焼試験をして、噴射器や燃焼室の焼け具合を見て少しずつ修正していったんだ。噴射器の表面を見て、ここに孔を開けようという勘みたいなものがよく当たった。あの頃の噴射器設計はエンジニアの技術というより職人の美的センスの問題だったな」

　僕はアメリカの燃焼室開発の草創期の話に興奮していた。ガス発生器やターボポンプの単体性能はそれだけの予備試験スタンドで確認できるが、推力室はそれができないので、いきなりエンジンに組み込んで燃焼試験するとか、興味の尽きない話が次々と出てきて、あっという間に時間が過ぎてしまった。

　分かれ際に今回の目的でもあった僕らの推力室チューブの壁温度と熱流束の計算結果を見せて彼の意見を聞いた。

「いま覚えているわけじゃないけど、この熱流束はアトラスのと同じだって？」

「そうです。文献で見たアトラスエンジンのものと一緒でした」

「それなら合っているよ。アトラスエンジンとLB‐3はほとんど同じだから」

「そうですか、ありがとうございます」と僕はナカイさんの手を強く握った。

「佐藤さんはなかなか勉強家で知りたがり屋なんだ。これからも会ってあげてほしい」

レービンさんが言った。

「うん、時間があればOKだよ」

これで僕は山内さんとの約束を果たすことができた。また小栗さんが言っていたエンジンの余裕解析にも手が届きそうで、これだけでも今回アメリカに来た甲斐があった。

その週のうちに三回目の五〇秒試験と四回目の一〇〇秒試験が行われた。ヨーネルさんは張り切っている。初の一〇〇秒試験も無事終わり、僕は少し落ち着いてきた。次週はレービンさんが日本に出張し、ナンバー1噴射器の切断検査に立ち会うことになった。

六月一五日、五回目の一二五秒試験が行われた。少しずつ燃焼時間を延ばしてきている。

その日の燃焼試験はいつもの通りスタートした。ところが燃焼時間が一〇〇秒に近づいた時、突然燃焼が停止した。

「手動による緊急停止」と制御盤についているメカニックが叫んだ。

「手動？　誰が押した？」ヨーネルさんが言った。コントロール・ルームがざわついている。

「私が押しました。液体酸素ドームの辺りに炎が見えました」とヨーネルさんのチームの一員であるテスト・エンジニアのブリレイ氏が言った。

不思議に思うのは、エンジンがスタートしてスタンドから勢いよく噴煙があがり、轟音が響いているのに、七、八人いるスタッフのうち、スタンドの方を見ている人はほとんどいないことだ。スタンドの方を見ているのは、制御盤についているメカニックと僕ら日本人くらいのもので、あとの人たちは思い思いに推力やポンプの軸受け温度などをオシログラフで見ている。そのなかでたまたま次の試験を担当することになっているブリレイさんが視察に来ていて、スタンドの異常に気づいたというわけだ。

「OK、スタンドに立ち入れるようになったら見てみよう。撮影班は急いでフィルムを現像して」とヨーネルさんが言った。

スタンドの液体酸素ランタンクから残っている酸素を抜き、マイケルたちが引き出していたエンジンデッキを戻したところで、僕たちはヨーネルさんと一緒にスタンドに向かう。エンジンデッキに登り、エンジンの液体酸素ドームの辺りを見ると、液体点火薬入りのカートリッジから噴射器に行くラインが割れている。

「おっとっと、こんなに派手に割れるのは珍しいな、使い過ぎかな？」とヨーネルさんが呟く。

確かにこのエンジンは、噴射器こそ換えるが、その他の部品はそのまま使い続けるので、疲労が来ている物があってもおかしくはない。

「明日ここの配管を換える。交換はマイケルたちがやるから、私たちはカノガパークで今日の試験のフィルムを見てみよう」

ヨーネルさんの指示で、僕と内田さんは翌日カノガパークでその映像を見ることになった。

次の日、関係者が映写室に集まった。僕にとって燃焼試験の映写を見るのは初めてだった。撮影はスタンドの三方向から行われているので、一つの試験で燃焼時間の三倍のフィルムが出来ることになる。

「初めにコントロール・ルーム方向からの映像を映します」と映写技師が言った。

映写はエンジンスタートの一〇秒前から始まった。エンジン周りに水蒸気が漂っている。空気中の水分が液体酸素の配管やターボポンプに触れて水蒸気となっているのだ。

と、青白い点火光がスタンドに走り、一瞬おいて〝ドン〟という音とともにエンジンがスタートした。エンジン周りに氷片が飛び散り、同時に燃焼ガスが勢いよくノズルから噴き出てくる。これらの氷片は予冷却で凍りついていたものだ。

「あっ、ここ」とブリレイさんが液体酸素ドームの辺りを指さす。

「七、八〇秒辺りから始まっていたのか」

ヨーネルさんが言った。

一〇〇秒近くになって炎が一段と大きくなり、すぐ燃焼が止まった。ブリレイさんが非常ボタンを押して停止したのである。

「ボブ（ブリレイさんの略称）ありがとう、危なかったよ」とヨーネルさんがブリレイさんに礼を言った。

「佐藤さん、ちょっとでも遅れたらスタンドが火の海になるところだった」

ヨーネルさんが言った。

「良かったですね。それとスタートする時は、あんなに氷が飛ぶんですね！」

「そう、いつもだ」

僕は改めてロケットエンジンのスタート時の衝撃を思った。柔《やわ》なエンジンでは耐えられない激しさである。

また、燃焼試験ごとに三方向からフィルムに撮り、毎回チェックを繰り返しながら開発を進めるアメリカ流のやり方にも感銘を受けた。そうすることが結局はコストを削減できると分かったからには決して手抜きなどしないで同じことを繰り返す彼らの覚悟！

ビデオテープがまだない時代の話である。どれほど膨大なフィルムを消費しただろう。

2

ある日内田さんが「佐藤さん、見つかったよ」と嬉しそうに言いながら僕の部屋に入ってきた。

「何が？」

「日本料理店！」

「えっ！　いいね。行ってみようよ」


当時、カノガパークのような田舎町に日本料理店はなかった。ロサンゼルスの中心街でもリトルトウキョウに行けば見つけられる程度だった。アメリカに来てひと月以上になると、さすがに和食が恋しくなる。僕らは内田さんの車で隣町の「もん」というその日本料理店に向かった。

「いらっしゃいませ！　日本の方ですね？」

店に入るとすぐに店の女性が話しかけてきた。店内は結構混んでいた。

「いやぁ、捜しましたよ。ようやく見つかった」と内田さんが言った。

「いつからやってるんですか？」

僕が聞いた。

「もう一〇年になります」と千代子さんというその女性が言った。

「ロングビーチにあるマクドネル・ダグラス航空機に出張で来ている人たちもしょっちゅういらっしゃるのよ」

「ええっ！　そんな遠くから？」

「遠くないわよ、三〇分で着くのだから」

ロングビーチというと僕らはすぐ海浜を思い浮かべるが、実は内陸部に航空機産業の工場群が集まっている工業地帯である。ロサンゼルスの中心部からは六、七〇キロ離れているが、アメリカではフリーウェイに乗ってしまえばすぐである。

メニューには、刺身定食や照り焼き定食など、懐かしい料理がならんでいる。僕は冷やっこと刺身定食を、内田さんは枝豆とてんぷら定食を頼んだ。もちろんビールも。

「はい、お待たせしました」と言って千代子さんがビールとみそ汁を運んできた。

「え！　もうみそ汁？」

「そう、スープね」

「スープね」と言われても、みそ汁をスープ代わりにして酒を飲む習慣はない。

「なんか変だなあ」と内田さんも言っている。しかし周りを見たら、皆みそ汁をすすりながら酒を飲んでいる。

「アメリカに来たら、アメリカの習慣に従いなさい」と千代子さんは平気である。

僕らはさすがにみそ汁は最後まで残しておいたが、料理は日本の味付けを守っていて美味しかった。その店はその後たびたび利用することになる。

今回の出張は会社からは僕一人なので話し相手もなく、たまにファーマーズ・マーケットに行く以外ホテルで静かにしていることが多かった。例によってサマータイムなので、ホテルに戻ってもまだまだ陽が高い。プールで泳いでいると、東欧のチェコやユーゴスラビアから来ているエンジニアが多いのには驚いた。冷戦の最中《さなか》なのにアメリカの企業は東欧諸国と結構取引をしていることを知った。僕らがソヴィエト連邦や東欧の共産主義国と取引することなど発想できないでいる時に、アメリカはこのように経済的にはどんどん結びつきを深めている。実践主義《プラグマティズム》とはこういうことなのだと思った。

夕食後僕はテレビをつけながらサットンの本を読むのを日課としていた。日本にいると、とても毎日数ページは進めないのだが、ここでは面白いように進められる。

この夏、隣国のカナダではモントリオール・オリンピックが開催中で、テレビでは毎晩その様子が映し出されている。十四歳のナディア・コマネチが女子体操で初めて一〇点満点を出したと評判だった。

3

六月末、日本に出張していたレービンさんから、ナンバー1噴射器の切断検査が終わり、異常がなかったという朗報がもたらされた。僕らの製作方法に間違いないことが分かり、僕は自信を深めてここでの試験に取り組めた。

六月三〇日、七回目の燃焼試験が行われた。

試験は正常にスタートし、燃焼中変わったこともなく、燃焼終了予定の一二五秒が近づいた。

「メインエンジン・カットオフ」

その日の試験担当テスト・エンジニアのブリレイさんが大きな声で指示した。

「メインエンジン・カットオフ」

メカニックが制御盤のボタンを押した。

ん！　エンジンが止まらない！

「バーニアエンジン・カットオフ」ブリレイさんが叫ぶ。こちらのボタンでも止まるはずだ。

メカニックがバーニアエンジン・カットオフのボタンを押した。

止まらない。

コントロール・ルームに緊張が走る。

「メインエンジン・カットオフ」と言いながらブリレイさん自らメインエンジン・カットオフ・ボタンを押す。

変わらない。スタンドでは相変わらずエンジンから噴煙が上がっている。

「オー、マイ……」

ブリレイさんが頭をかきむしっている。

「制御盤の電源切って！」誰かが叫ぶ。メカニックが電源を切った。

止まった！

コントロール・ルームが静寂に包まれる。しばらく、皆、無言である。何があったのか頭の中で反芻している。あのままエンジンが止まらなかったら、スタンドは火に包まれていたはずだ。

スタンドの液体酸素ランタンクから酸素が完全に抜けていることが確認された後、マイケルたちメカニックがまずスタンドに向かった。安全だという彼らの連絡を受けて僕らもスタンドに登った。見たところエンジンにもスタンドの設備にも損傷はないようだ。しかしスタンド横の機材置き場に設置してある鉛蓄電池からケーブルが脱落している。


「これが原因か……」とブリレイさんが呟いた。

「これはどこに繋がってるんですか？」と僕が聞いた。

「エンジン・カットオフのリレー回路に電気を供給している」

「それで、カットオフできなかったわけですね」

「そう、こんなことは初めてだ。よりによってディーン（ヨーネルさんの略称）のいない時に、こんなことが起こるなんて……」と彼がぼやく。

「電池をこんな振動の多い所に置いちゃだめだね」とマイケルが彼に言った。

「そうだね、場所を変えることになると思う」と彼も同意した。


部屋で休んでいるとブリレイさんが現れた。

「佐藤さん、しばらく試験を中断してエンジン点検を行う」

「はい、どんな点検ですか？」

「エンジン・フレームの溶接部の蛍光探傷検査を行う」

蛍光探傷検査とは材料の表面に特殊な蛍光塗料を塗り、光を当てて傷を探る検査方法だ。

「溶接部にひびが入っている可能性があるわけですね？」

「そう、すべての弁が一斉に閉じられたため、通常の倍以上の加速度がかかった。カノガパークの解析エンジニアから点検個所が指示された」

通常のカットオフでは弁は順に閉じていくので問題はないが、今回のように非常停止した時にはエンジンに大きな加速度がかかってしまう。検査のためには、部品を外したりエンジン・フレームのペンキを剥がしたりと非常に時間がかかる。

「そういうわけで今週はもう燃焼試験はないから、休暇でもとったら？　独立記念日も近いから、どこでも特別セールをやっているよ」と彼が親切に言ってくれた。

独立記念日は一七七六年七月四日にアメリカがイギリスからの独立を宣言したことを記念してアメリカ合衆国の祝日となっている。この年はちょうど独立宣言から二〇〇年目に当たり各地で記念行事が繰り広げられていた。

ホテルに帰ると小栗さんが到着していた。彼は今日から一週間滞在する予定だ。

「小栗さん、せっかく来ていただいたのに、二、三日燃焼試験はないですから」

「え、なぜ？」

「今日の試験のカットオフ時にエンジンに過大な加速度がかかってしまって……」と僕は事の顛末を話した。

「そうだったんですか。タイミングが悪いな」

「小栗さん、ちょうどいい機会ですから明日はディズニーランドに行きましょう」

「ええ、いいのかな。バレたらうるさいな」

「大丈夫ですよ。誰にも言いませんから」


そんなわけで翌日僕と小栗さんはロサンゼルスの南、アナハイムにあるディズニーランドを訪れた。東京ディズニーランドが出来るのは七年後であり、当時ディズニーランドといえばこのロサンゼルスとフロリダにあるだけで、日本人にはこのアナハイムのディズニーランドが人気だった。

ディズニーランドのアトラクションはよく考えられていて大人の僕らでも十分楽しめた。特にこの年の夏はアメリカ建国二〇〇年を記念する各種パレードやセールがあって、おおいに盛り上がっていた。

「でも、これって全部人工のものだよね」

小栗さんが蒸気船マークトウェン号の甲板で寛いでいる時に言った。

「そうですね。誰かが頭の中で考えて造りあげたものですから自然ではないです」

「楽しみのすべてが与えられて、極端に言えば僕らは歩く必要さえないですよね？」

「カリブの海賊やジャングル・クルーズはそれなりにワクワクするけど、小栗さんは本物の自然の方が好きなんですか？」

「うーん、ここも悪くはないけど、私は例えばスイスの方がいいな」

「スイスに行かれたことがあるんですね？」

「ええ、前に出張で一度。グリンデルワルドに泊って、翌日、登山電車でユングフラウヨッホに登った。帰りにあの自然のなかを少し歩いて、最高でしたよ！」

「へえ、いいですね。行ってみたいな」

「今度はツエルマットに泊ってマッターホルンの麓を歩きたいな。佐藤さん、この仕事一段落したら行ってみようよ。ただし嫁さんも連れていくんだよ！」

僕には、それがまだなんです、小栗さん！

エンジン・フレームの点検では異常は見つからず、燃焼試験が再開された。小栗さんも一回は燃焼試験に立ち会うことができ、満足して帰国した。

結局このナンバー2噴射器は一〇回、一一〇〇秒の試験を無事終了し、七月中旬にスタンドから下ろされた。僕は試験後の点検に立ち会った後、七月末に帰国した。

4

一九七六年の冬、予算申請時期に僕は小栗さんに呼ばれた。

「佐藤さん、やはり出てきたよ、どの程度エンジン推力を増やせるかって」

「そうですか。『チューブ壁温度計算』をしておいて良かったですね」

チューブ壁温度計算はナカイさんのコメントで間違っていないことが分かり、アメリカから帰国後事業団に提出していた。

「まず、今のエンジン部品を変えずに、推力をどの程度上げられるか知りたい」

小栗さんが言った。

「ガス発生器の流量を増やすわけですね」僕が言った。

ガス発生器の流量を増やすとそれに応じてターボポンプの出力が増し、エンジン全体の推進薬の流量を増やすことができる。推進薬流量が増えるとそれに応じて推力が増える。ガス発生器の流量を増やすのは、ガス発生器の液体酸素および燃料の入口に付けられている流量調節用オリフィスの直径を大きくすれば済むことで、それ自体は簡単にできる。問題はそのように増えた流量にタービンやポンプ、推力室が耐えられるかである。

「タービンやポンプの検討は三峰にやってもらうから、推力室の検討は小石川にやってもらいたい」

小栗さんが言った。

「分かりました。流量が増えると当然チューブ壁温度が上がりますから、それに耐えられるかどうか……ということですね」

「そうです。温度が上がると単純にチューブ材質の強度が下がるので、それでもつかということです」

「小栗さん、実は材料強度以外の問題があります」と僕は小栗さんに説明した。

チューブ壁の温度が上がると、それにつれて燃料の中から炭素が析出して、チューブ内面に付着する。その付着した炭素層に含まれる硫黄がチューブのニッケル母材に浸入していき、チューブが割れてしまうと……。

「壁温度と浸入深さのデータはあるの？」

「あることはありますが、研究者によってばらつきがあり、どれを使用すればいいか決められないのです。我々で実験してみませんか？」

「うーん、実験か。大ごとになってきたな。浸入深さがいくらになったら使えないという基準はあるの？」

「ロケットダイナミクスの基準はあります。ですからその基準に達するまで壁温度が上がってもいいことになります」


結局、可能なら簡単な試験装置で実験をしてみようということになり、僕らはその費用見積を事業団に提出した。実験は一九七七年度に小石川瑞穂工場で行われることになった。

5

年度が改まった。チューブの伝熱試験を急がなくてはならない。

エンジン全体の燃料流量は毎秒九七キログラムと大きいが、チューブ一本当たりにすると毎秒〇・七キログラムであり、大げさな試験装置とはならない。上流側のタンクに燃料を満たし、窒素ガスで加圧することでこの流量は実現できる。

問題はチューブの加熱方法である。燃料を酸素で燃やすのでは実験装置が複雑になりすぎて費用もかかる。工業用電気炉で加熱できないかと考えた僕は、友人の高橋班長に電話した。

「高橋さん、余っている電気炉ない？」

「余っている電気炉？　何に使うの？」

「ニッケルチューブを外から加熱したい」

「加熱って？　何度まで？」

「五〇〇度くらいまで。中にケロシンを流す」

「ふーん、相当電力食うな……」

高橋さんが電話の向こうで考えている。

「ああ、あるよ。設備を新しくするので捨てる電気炉がある。あれならどうなってもいいから……」

「ありがとう。で、誰に頼んだらいい？」

「熱処理工場課長に連絡票を書いてもらえばいいよ」

持つべきものは友である。僕はすぐに連絡票を書き、電気炉を瑞穂工場のロケット工場課に送ってもらった。

以前に液体酸素ポンプを爆発させた試験場に新たに試験装置を据えた。電気炉は円筒形の中空で周囲から電気で加熱する構造である。チューブを電気炉の中に通し、上流からチューブ内に燃料を流すことができる。チューブには数か所に熱電対を鑞付けし、温度を測れるようにした。上流の燃料タンクの加圧やタンク出口弁は計測室から遠隔操作できるようにしたが、肝腎の電気炉の電力制御器は計測室に入らないため炉の側に置いた。

燃料を流すまえに電気炉の性能を調べた。スイッチを入れて電力を徐々に上げていくと、チューブが赤くなっていく。

「佐藤さん、チューブが真っ赤ですよ、怖いくらい」

電気炉の端から中を覗いていた坂本君が大声を上げた。

「ほんと、金属がこんなに赤く輝いてるのなんて初めて見た」

僕が言った。

「多崎くん、いま温度はいくら？」

僕はヘッドセットマイク越しに計測室にいる多崎君に聞いた。

「四〇〇度です」

「ＯＫ。六〇〇度まで上げるよ、六〇〇度になったら教えて」

坂本君がゆっくりと電力制御器を動かして温度を上げていく。

「佐藤さん、六〇〇度です」

多崎君から連絡が入る。

「了解、いったん電源を切ります」


電気を切ってチューブを冷やし、今度は燃料を流した状態でチューブを加熱した。電気炉の能力は十分高く、六〇〇度Ｃまで加熱できることが分かった。

次に温度を変えて燃料から析出する炭素の量と硫黄による粒界腐食深さのデータを採ることにした。炭素の析出量はチューブ壁に堆積する厚さを、腐食深さは壁表面からの亀裂深さを、両方ともチューブの断面を顕微鏡で計測することで得られる。

一つの温度で一本のチューブを消費することになるが、やむを得ない。試験が順調に進み始めたので、僕は小栗さんに立ち会いをお願いした。

「佐藤さん、なかなかコンパクトな試験装置じゃない」

瑞穂工場の試験現場に案内された小栗さんが言った。

「ええ、なるべく金をかけないようにと考えました」

「ところで、この装置でチューブの伝熱量はキチンと確保されてるの？」

「はい、例えばチューブ表面温度を五〇〇度に保つことができていますので、熱流束は模擬できていると考えます」

「なるほど……でも佐藤さん、そんなことはないと思うけれど、亀裂深さが〇・一ミリでも、高温では材料強度が下がっているから〝ボン〟と割れるかもしれないよ」

小栗さんが不安げに言った。


実際にそんなことが起こったのである！

チューブ壁温度を五六〇度Cに設定して燃料を流していると、突然〝ボン〟と音がして電気炉から炎が上がった。チューブに圧力をかけているので、火焔放射器のように、それは噴き出した。
五、六メートル離れた椅子に腰掛けていた僕と小栗さんは「あっ」と言ったきり動けなかったが、坂本君は速かった。炎が上がると同時に傍の消火器を掴んで一瞬のうちに消してしまった。見事なものである。

「坂本くん、ありがとう。速かったね」

僕が言った。

「いや、もう、いつも訓練しているから……」

「それにしても速かった。さすが工場の熟練者は違うね！」

小栗さんが言った。


こういうことがあると僕は常日頃の訓練のありがたさを痛感する。頭で分かっていても、普段やっていないとああまで動けない。小石川の現場作業者の腕を改めて誇りに思った。

今回の被害は電気炉の内面を焦がしただけで済み、翌日からすぐ試験を再開できることが分かり、小栗さんとは九月に報告することを約束して別れた。

6

僕がアメリカで燃焼試験に立ち会ったナンバー2噴射器の切断検査も無事終わり、信頼性確認試験の対象は推力室に移っていった。ナンバー1推力室は一九七七年の初めにロケットダイナミクスに送られ、すぐにサンタスザンナでの燃焼試験に供せられた。調べるべき噴射器と推力室を一緒に組み込んで試験した方が速いのだが、別々に試験するのは、不具合が発生した時にどちらが悪いのか分からなくなるのを避けるためである。

一九七七年三月末に種子島の燃焼試験スタンドが完成した。

LB－3エンジンの燃焼試験スタンドの建設は、エンジンの製造と並行して進められていた。スタンドの設計はロケットダイナミクスの支援を受けて日本独自に行ったが、基本的にはロケットダイナミクスのサンタスザンナと同等のものが出来上がった。

さっそく四月一日からスタンドの検証燃焼試験が始まり、小石川からも試験隊員が派遣された。検証はロケットダイナミクスから購入した完成エンジンを使用し、そのスタンドで燃焼試験をして比較することで行われる。八回の燃焼試験で、サンタスザンナで行った時と同じデータが得られたため、種子島の燃焼試験スタンドはLB－3エンジンの燃焼試験に使っていいという認証が得られた。

スタンド検証燃焼試験に続いて行われるエンジン信頼性確認試験のため、僕は七月初旬に種子島に出張することになった。

出張の前に僕は槍ヶ岳以降の長い恋を実らせて麻由子と結婚した。ジューンブライドに憧れている麻由子の願いを聞いてあわただしく結婚式を挙げ、種子島に来たのだ。

種子島での宿舎は二年前にお世話になった堂園家である。三人の娘たちもそれぞれ二歳年をとり女の子らしさを増していた。数ある民宿のうちでもここだけは華やかさがある。

「佐藤さん、結婚したんだって？　おめでとうございます。で、いつ？」

宿の奥さんが言った。

「ええ。先月」

「あら、先月？　可哀そうに……奥さんをもう一人ぽっちにしてきたの？」

「そういうことになりますね」

「奥さんはどこに住んでるの？」

「仕事をしているので、とりあえず実家に。いま所沢に家を建てています」

「そう、早く出来るといいですね。奥さんの手料理とまでいかないけど、美味しいもの作るから」

「よろしくお願いします」

ロケットダイナミクスのサンタスザンナと同じく種子島の燃焼試験スタンドも崖に向かって建てられていて、スタンド上の作業はロケットダイナミクスでのそれと違和感がない。メカニックの多崎君たちは既にスタンド検証試験から参加しているので三峰の作業者との連携もよく、エンジン点検は順調に進んでいる。


「佐藤さん、ロケットってすごいですね」

初めての燃焼試験の日、僕がスタンドに登っていくと多崎君が言った。

「何が？」

「音も噴煙も、全部すごいや！」

「ジェットとは比べ物にならないだろう？」

「ええ、瑞穂で見ているジェットエンジンと比べても迫力が違います」

多崎君だけでなく、加藤君や岡田君も興奮した面持ちで近づいてくる。

「加藤くん、種子島に来られてどう？　推力室の鑞付けよりいい？」

「鑞付けも楽しいけど、種子島の方がもっと楽しいです」

「それは良かった。三峰のメカニックたちとは上手くいっている？」

「大丈夫です。皆親切にしてくれますし……」

「そうか、その調子で頑張って！　〝上〟はともかく現場は仲良くしなきゃね」

　ここでも二つの主契約会社に仕事を分担させている事業団の方針が貫かれている。燃焼試験のテスト・エンジニアには三峰の社員がなるが、現場作業は三峰、小石川の混成チームで行う。今回のテスト・エンジニアはアメリカで一緒だった内田さんが務めている。僕とロケットダイナミクスから派遣されているサヴィニオさんは「立ち会いエンジニア」として作業のチェックと作業員の教育に当たる。

「佐藤さん、ここのスタンドは不用心だね？」

　サヴィニオさんが言った。

「えっ！　何が？」

「ここの噴煙が流れていく先は海だよね？」

　確かに彼が言うように、スタンドは太平洋に面した崖に設置されているので、噴煙が流れていく先は海である。

「海面からここまで何メートルあるかな？　このたいして険しくもない崖を登ってきて、エンジンをかっぱらっていくこともできるよね？」

海辺にはフェンスが設けられているわけではない。僕はサンタスザンナの守衛が銃を持っていたことを思い出した。

「夜中に沖合に潜水艦を待たせておいて、ゴムボートで崖下に近づくのさ。屈強な男が五、六人もいればできるよ」とサヴィニオさんが冗談とも本気ともつかない顔で言う。

僕らはそのようなことを考えたことがなかったが、冷戦の当事者であるアメリカ人にとっては、当然の発想なのだろうか？

コントロール・ルームにいる内田さんからの指示で、液体酸素ラインの予冷却が始まった。設備側とエンジン側の予冷却弁の出口から液体酸素の蒸気が流れ出てくる。

徐々に液体酸素に冷やされて空気中の水分が水蒸気となり液体酸素ラインに巻きついてくる。

「各バルブのヒーターをチェックします」

内田さんの声がスピーカーを通じてスタンドに響く。

「多崎さん、主液体酸素弁のヒーターに触ってみて」

作業リーダーの指示を受けて多崎君が主液体酸素弁のヒーターに触れる。が、なんとなく自信なさそうな顔をしている。

「佐藤さん、これってヒーターＯＮになってるのかな？」

僕も触ってみる。暖かさが感じられない。念のためサヴィニオさんにも触ってもらう。

「ダメ、切れている」彼が断言した。

その旨をコントロール・ルームの内田さんに連絡し、スタンドではヒーターを交換することになった。誰かが予備品倉庫に走る。このヒーターは弁の氷結を防ぐために弁の外周に巻き着けている電熱式リボンヒーターである。


ヒーターの交換作業は三〇分ほどで済んだ。僕らはイグナイターを装着し、エンジンデッキを前に出して映写機をセットし、スタンドの警報灯を赤色に変え、道路ブロックを設置してコントロール・ルームに避退した。


「佐藤さん、ヒーターの故障をよく見つけられましたね」

コントロール・ルームに入ると事業団の長洲部長が話しかけてきた。たまたま東京から来ていたらしい。

「はい。でも、手順書に定められている作業ですから」

「いや、それにしても水が流れるようにスムーズに進んでいくので感心しました」

全員の努力の賜物だが、代表して僕が褒められたようで面映い。

作業員がスタンドから引き上げたあとは、すべて遠隔作業である。種子島のコントロール・ルームは、サンタスザンナに比べると大幅に自動化されている。

サンタスザンナでは予冷却が進むにつれてテスト・エンジニアの指示でメカニックが設備側予冷却弁やエンジン側予冷却弁を閉めていったが、ここではその必要はない。およそ一分前に自動シーケンスをスタートさせたらコンピュータがプログラム通りにエンジン起動まで制御してくれるので、人が目視でエンジン入口温度と圧力を監視する必要もない。

「各班準備いいですか？」

内田さんの声がコントロール・ルーム内に響く。

「設備班異常ありません」

「エンジン班ＯＫです」

「記録班ＯＫです」

各班長が答える。

「了解、それでは自動シーケンス、スタートさせます」

内田さんがスタート・ボタンを押した。

が、すぐには何も起こらない。やがて予冷却弁出口からの水蒸気が消えた。予冷却弁が閉じられたらしい。

次いで火焔偏向板から水が噴き上がってくる。室内の緊張が高まる。

スタンドが明るくなった。エンジンスタートである。

噴煙が勢いよく上がる。

〝グォーン〟遠くから騒音が響いてくる。

遮音がいいのか、部屋の中の音はそれほどでもない。

スタンドが遠すぎて、皆、大型のブラウン管に映し出されている映像を見ている。

最初の五〇秒試験があっけなく終わった。

特に異常はなさそうだ。

「内田さん、サンタスザンナに比べると音は気になりませんね」

僕が言った。

「そうですね。でも佐藤さんにはもっと近くで生の音をたっぷりと聞いてもらうからね」

「えっ、何ですか、それ?」

「いつかピルボックスに入ってもらいます」

「ええっ、やめてください。そんな危ないことを!」

ピルボックスはスタンド直近に設けられた燃焼監視用の分厚いコンクリート製の小屋だ。コントロール・ルームからは見えない側に三〇メートル離して設置されている。

「だめ! エンジニアには順に入ってもらっています。佐藤さんはサンタスザンナでエンジンから漏れているのを見ているから適任です」と彼は平気な顔をしている。

大変なことになった。


宿舎に帰ると営業の司城さんが来ていた。技師長の浜中さんの退職前の挨拶回りに同道しているという。

「佐藤さん、明日の休み泳ぎに行こうよ。シュノーケルの使い方教えるから……」

「いいけど、皆はどうするのかな?」

「僕らは西之表に行くから」と多崎君が言った。

「じゃ、二人でもしょうがないけど行こう」と言っていると、

「私も行きたい!」と亜紀子ちゃんが言った。

おじさんたちに付き合ってくれるのは亜紀子ちゃんだけだ！

翌日は朝食後に竹崎の岸壁に行き、水着に着替えてから、足ひれとシュノーケルをつけて水に入った。しばらくそこで泳いでから、僕らは岸壁を離れて向かいの小島に向かった。潮が引いているので歩いても渡れる。司城さんが歩きながらウニを拾って、小岩の上で割って食べさせてくれる。潮の香りがして美味しい。

彼は趣味がシュノーケリングというだけあって、自前の足ひれやシュノーケル、ナイフに手袋などを東京の自宅から持ってきていて、なかなか本格的である。

小島の裏に回ると、そこは熱帯魚の楽園だった。色とりどりの魚が体にまとわりついてきて遊んでくれる。時折すべての魚が一瞬のうちに向きを変えるが、あれは誰かが合図をしているのだろうか？

魚群をバックに足ひれを着けた亜紀子ちゃんが近づいてくる。一幅の絵のようだ。なんという水の温かさだろう。青森で育った僕には信じられない。空を見上げながら、体を波に任せて揺られていると、思わず眠気に誘われてしまう。

宿に帰って休んでいると、多崎君たちが帰ってきた。

「多崎さん、あなたたち西之表でパチンコしてきたでしょう？」

宿の奥さんが言った。

「ええっ！　なんで知ってるの？」と多崎君が驚いて言う。

「あなたたちのことは何でもお見通しなのよ」と奥さんがニヤニヤしている。

種子島は狭いのである。


八月二十二日はエンジン信頼性確認試験の最終日である。この日の二三〇秒試験で何事もなければ、エンジンの信頼性は一応確認されたということになる。〝一応〟というのは、推力室の試験がまだロケットダイナミクスで継続されているからだ。


その日の朝、コントロール・ルームに入っていくと、掲示板にはピルボックス担当として僕の名が書き込まれている。

「佐藤さん、今日は頼みますよ」

内田さんが言った。

「はい、しょうがないですね。緊張するなあ」僕が言った。

「私も一回やったけど、二度とやりたくないですね」

皆が不安を抱いて行っている監視作業である。現在なら当然、無人のビデオカメラに置き換えられる仕事だと思うが、当時そこまでの設備は普及していなかった。

多崎君たちスタンドの作業班がコントロール・ルームに引き上げると同時に、僕はピルボックスに降りて行った。ピルボックスはコントロール・ルームの反対側、地面から五、六メートル下がっていて、エンジンが目の前に見える。

中は人ひとりがやっと入れるスペースで、エンジン側に銃眼のような窓が付いている。

「佐藤さん、聞こえますか？」イヤホーン越しに内田さんの声が聞こえる。

「はい、聞こえます」

「それでは停止システムのチェックを行います。非常ストップ・ボタンを押してください」

僕はストップ・ボタンを押した。

「はいOKです。スタートはおよそ三十分後になります。それまで待機していてください」

内田さんの落ち着いた声が響く。

普段スタンドで見慣れているはずのエンジンが、今日はエンジンデッキが道路側に後退しているので、たった一つだけポツンとぶら下がっている。不思議な光景である。

予冷却が進むにつれて液体酸素配管に付いている氷が厚くなってくる。ターボポンプは霜に覆われて真っ白である。

スタンド外に突き出ている二本の予冷却弁出口配管からの蒸気が勢いを増す。液体酸素そのものも排出されるようになってきた。

「自動シーケンス・スタート」

スタンド外に排出されている蒸気が消えた。

火炎偏向板からは大量の水が噴き出してくる。

一瞬、ノズル出口に薄紫色の炎が見え、すぐオレンジ色の煙が猛烈な勢いで偏向板に衝突して、谷に向かって吹き飛ばされていった。

と同時に〝ガーン〟というとてつもない音がした。続いて起こった〝グオー〟という連続噴射音に圧倒されて僕は固まってしまった。

時々〝バリバリバリ〟と肺腑をえぐるような不快な音もする。

こんなに恐ろしい場にいても、僕はエンジンから目をそらすわけにいかない。それが任務なのだから。偏向板上で混合した水が、噴煙の色をオレンジから黒に変える。僕はそのオレンジと黒のガスの流れを放心したように眺めていた。

頭の割れるような音に包まれて何秒間耐えていたのだろう。

突然音がやんだ。

四方からエンジンに放水されている。煙が上がっていくのを防いでいるのだ。

しばらくして多崎君たちがスタンドに現れると、僕もようやくピルボックスから解放された。

こうしてエンジン信頼性確認燃焼試験は終了した。推力室の試験が終了したら日本製のLB-3エンジンは認証されることになるが、それはもう少し先である。

7

種子島から帰ると、僕らはチューブ脆弱性試験のデータ採りを急いだ。一つの壁温につきチューブ一本を使うため時間がかかって仕方ないのだが、それでも九月初めにはデータが出そろった。

僕は壁温を横軸にとりカーボンの析出量をグラフ上に描いてみた。僕らの実験した六〇〇度Cまでの範囲では析出量は温度に関係なく、どの温度でも〇から二〇ミクロン（〇・〇二ミリ）の間に散らばっている。カーボン析出量はあまり心配いらないようだ。

それに対して亀裂深さの方は強い温度依存性があり、高温では指数関数的に増大することが分かった。僕は亀裂深さと温度との関係を一つの式にまとめることができた。

この式が僕らの求めていたものなので、僕はさっそく小栗さんを訪ねた。

「ふーん、多くのデータが一本の線に乗っているね」

小栗さんが僕の持っていったグラフを見て言った。指数関数は片対数用紙に書くと一本の線になる。

「はい、このように綺麗なデータになるとは思っていなかったので、この結果には満足しています」

「これだと、壁温がいくらだと深さがいくらになると分かるから推力向上の限界判別に使えるね」

「使えます」

「佐藤さん、推力を増やした時の壁温を計算したよね」

「はい、その計算結果とこのグラフから分かることは、一〇パーセントまでの推力向上は可能ということですが……」

「ですが？」

「はい、ただこのグラフを信じ切って、そこまで推力を上げるのは危険と考えます。ギリギリの温度のところでデータがばらついたりしたら割れますから」

「そうだよね、じゃいくらにする？」

「五パーセントくらいが適当なのかなと思います」

「うーん、五パーセントまでかぁ……案外余裕のないエンジンだね」

「ロケットエンジンは皆ギリギリの設計をしていますから、この程度なのかもしれません」

ＬＢ－３エンジンの設計データを持っていない僕らとしては、ここまでが推定の限度だった。

小栗さんは、後に僕らの報告書をもとに事業団の内部文書を作成した。部品の変更なしにＬＢ－３エンジンの推力を向上させるのは五パーセントが限度だと……。

その内部文書がどの程度評価されたのか僕には分からなかったが、事業団はＮロケットの能力向上の検討を二段エンジンの新規開発という方向に進めていたので、一段エンジンの限界を知ったのは参考になったはずと僕は思っている。

二か月後、僕はロケットダイナミクスで、彼らも似たような検討をして、似たような結論に達したという話を聞くことができた。それについては後述する。

8

一九七七年秋、僕はナンバー2推力室の信頼性確認試験のためにアメリカへ出張した。三度目の渡米である。

ロケットダイナミクスでのナンバー1推力室の試験は三月に終了していて、異常がないことは確認されている。したがってナンバー2推力室の試験も何事もないと期待しているが、これぱっかりはやってみないと分からない。そのための試験なのだから……。

カノガ工場のエンジン組み立て場で、アレックスたちと燃焼試験前のファーストE&Mを行っていると、レービンさんが現れた。

「佐藤さん、明日の土曜日は何か予定ある？」

「いや、特にないけど……」

「そう、じゃ明日マスタングのエンジンをバラすから手伝って！」

「マスタングって、あのスポーツカーのフォード・マスタング？」

「そうだよ。分解してピストン・リングを換えたいんだ」

マスタングといっても今の若い人たちには特別の感興が湧かないかもしれないが、初代マスタングはスポーティな外観と高性能で当時の若者の間で圧倒的人気を博していた。レービンさんもそのうちの一台を持っていたというわけである。

「分解はどこでやるの？」

「我が家のガレージで。分解と再組み立てができる」

「自宅でできるのかぁ。すごいね。僕でもできるのかなあ」

「何を言っている！　君は最先端のロケットエンジンを組み立てられるのに、自動車のエンジンはダメだって言うの？」

「コイチ、車のエンジンは簡単だよ、心配ない」

アレックスも口を添える。

「じゃ、明日ホテルに迎えに行くから」とレービンさんは楽しそうだ。

翌朝、車で彼の家に案内された。ホテル前のシャーマンウェイをまっすぐ東に行くと、すぐ近くであった。

「こんなに近くに住んでいたんですね。これだと通勤もたいしてかからないでしょう？」

「そう、一〇分くらいかな？」

レービンさんが言った。彼の家族は奥さん、長女、次女、長男の四人で、僕は暖かく迎えられた。長女は十四歳、次女は十歳、長男は三歳。これでは誰もエンジンの分解と再組み立てを手伝ってくれそうもない。

僕らはさっそく仕事にとりかかった。ガレージのちょうどマスタングの上からチェーンブロックが下げられていてボンネットが外されている。チェーンブロックの留め金をエンジンに固定し、僕が慎重にチェーンを巻き上げていく。ぶらぶらするエンジンをレービンさんが押さえて隣の作業台に移動する。直列六気筒のエンジンはさすがに迫力がある。

「佐藤さん、エンジンの組み立てはしたことあるの?」

「大学の工場実習でいすゞ自動車に行った時、一日だけ」

「あるんだ!」

「はい、でも流れ作業でどんどん組み立てられていて、僕がやったのは最後のシリンダー・ヘッドをボルト留めしただけだから、経験したことにはならないですよ」

「なるほど、でも今日はすべてできるからそのつもりで……」

「はい、興奮しますね」


エンジンを作業台に固定して、マニュアルに従ってどんどん分解していく。このようなマニュアルは自動車販売店や街の本屋に完備されていて誰でも購入できるという。また専用工具も揃っていて、作業は面白いように進む。

レービンさんのマスタングは初代の最後のモデルで九年前のものである。ピストン・リングはかなり摩耗していて、なるほど交換が必要と思われた。ピストン・リングとはシリンダーとピストンの間にはめてガス漏れを防ぐ環状のパーツで、エンジン・オイルで潤滑されているとはいえ、長年使っていると擦り減ってしまう。

ピストン・リングは弾性で拡がろうとする力でシリンダーに押し付けられる構造のため、シリンダーにピストンをはめ込む時には指でリングを押さえ込みながら入れることになる。しかし、六気筒分指で作業するのは大変なので僕らはピストン・リング・コンプレッサーという専用工具を使った。これだとたいして力も要らず簡単にできる。


午後早目に作業が終わったので、庭でバーベキューとなったが、話題は自然とエンジニアの手作業ということになった。

「レービンさん、あなたは車のエンジンまで分解・再組み立てしてしまうのだから、他のこともできるんですか？」

「もちろん、たいていのことは自分でやる。水道の蛇口の修理、壁紙の張替、塀の補修とペンキ塗り、何でも自分でやる。この前は玄関のたたきを造った」

「えっ！　あそこのたたき？」

「そうだ、ホームセンターに行って、セメントと砂利を買ってきてコンクリートとモルタルを自分で造った。簡単だよ」

「ふーん、そこまでやるのかぁ、すごいね」

「家では修理業者を呼んだことないわね。皆ディックがやってしまうから」

奥さんが割って入った。

「そこまで自分でやるのはお金がかからないから？」

「それもあるけど、そればかりではない。自分でできることは自分でやろうという精神かな？　自分だけのものを造る喜び、楽しみでもある」

「楽しみ？　そうか、だから満足できるまでやれるんだ」

「そう、佐藤さん、君も自分の手でやってごらん、楽しいよ」

その頃日本ではドイトの店が出来始めた頃で、まだＤＩＹ（自分でやること）はポピュラーではなかった。だいいち僕自身にも全然その気がなかった。

「佐藤さん、君は今家を建てているようだけど、自分でやることを残しているか？」

「いや、全然。全部業者まかせで」

「そうか、残念だな。ロケットダイナミクス・エンジニアのなかには住みながら家を建てているのがいる。完成したら人に売って、出ていってまた建てるんだ」

どうも、アメリカ人のＤＩＹ精神は半端ではないらしい。西部開拓時代からの伝統なのだろうか？

「佐藤さん、君はエンジンの設計に興味を持ち過ぎている。設計も大事だけれど、物つくりの実際も大事だぞ。自分の手と目をもっと働かすように……」

「はい、貴方の仕事ぶりを参考にがんばります」

「いいか、現場から目を離すんじゃないぞ！　設計から生産まですべて見ていて、自分自身が満足できるものを出荷するように……」

レービンさんの言う通りである。日本で初めてのロケットエンジンの生産である。担当エンジニアとして、またプロジェクト・エンジニアとして僕たちは目を離してはいけないのだ。生産のことは習わなかったとか、サットンの本にはそこまで書いていなかったから……というような言い訳をしてはいけない。しかし、僕はこのことで手ひどい失敗をするのだが、それについては後で触れることとする。


風向きが変わってきたので僕は話題を変えた。

「ルーシーは大きくなったら何になるの？」

僕は長女のルーシーに聞いた。

「森林レンジャー」

「森林レンジャー？　どうして？」

「だって、森に行くことと、そこに泊ることが大好きだから」

「森に行ったことあるんだ？」

「そう、お父さんに連れられて何度も」

レービンさんは家族サービスでも手抜きをしない理想のパパなのである。

「レービンさん、将来この子を大学にやるの？」

「大学に行くか行かないかはルーシーが決めること。学費もこの子が自分で奨学金を用意するんだから……」

アメリカの親は子の学費の心配はしないらしい。僕は彼らが旺盛な消費ができる理由の一端が分かったような気がした。

9

ナンバー2推力室を組み込んだエンジンのファーストE&Mが終了し、エンジンがサンタスザンナに送られた。それに合わせて僕もサンタスザンナに登った。

三度目のサンタスザンナである。僕は前回と同様、まず管理棟に入ってヨーネルさんに挨拶した。

「佐藤さん、前回はいろいろあったけど、今回はもう大丈夫だと思っているよ」

「そうですね、そうだとありがたいけど……」

彼は前回、燃料が漏れたりエンジン・カットオフ・ボタンが効かなかったりと、いろいろあったことを言っているのだ。

「ところで、ヨーネルさん、最近課長になるのを断ったそうですね？　ジョージ・佐藤さんが言っていましたよ」

「そう、日本プログラム・オフィスから課長になるようにと言われたけど、断ったよ」

「どうしてですか？」

「課長なんて面倒臭いよ。雑用が多くて……。私は今の生活を乱されたくないんだ」

彼らはある特定の職種で会社勤めをしている。出世のためではないのである。僕はアメリカ人の職業観の清々しさに感動を覚えた。


ナンバー2推力室の最初の燃焼試験のあと、僕は推力室に潜り込んで内面のチェックを行った。特に異常は認められない。僕の他にレービンさんも点検してくれた。

レービンさんがカノガパークに帰る際に僕が「もう一度ナカイさんに会いたい」と言ったら、彼はウインクして承知してくれた。

三回目の試験が終わった日の夕方、僕はサンタスザンナからカノガパークの自分のオフィスに急いで戻った。レービンさんからナカイさんに会えるという連絡があったからだ。

午後七時近く、レービンさんとナカイさんが連れだって僕の部屋に現れた。

「ナカイさん、お会いできて大変うれしい。お忙しいところありがとうございます」

僕は彼の手を握りながら言った。

「はい、今、会議が終わったところで、ちょっとした息抜きです」

「会議は毎日開かれるんですか？」

「そうです。ファイブ・オクロック・ミーティングと称して毎日五時から行っています。シャトル・エンジンのトラブルが続いているから……」

その頃スペースシャトル・エンジンの開発は数々の不具合に見舞われていた。関係者はその解決のため毎日五時から集まって会議を開いていた。そのような時に時間をもらえて僕は恐縮した。

「ナカイさん、日本茶でも飲みませんか？」

「日本茶、いいですね。いただきます」

僕は日本から持ってきた緑茶を淹れた。

「美味しいお茶ですね。どこのお茶ですか？」

「狭山茶です。僕も大好きです」

日系人のナカイさんに日本茶を喜んでもらえて僕は〝ほっ〟とした。

「ナカイさん、僕たちはLB－3エンジンの部品をそのまま使用して推力をどの程度上げられるか検討したのです」

時間もないので僕はすぐ本題に入った。

「なるほど、たいていのエンジニアは同じことを考えるものだね。それができれば時間と金を節約できるのだから当たり前だけど……。そして結果はどうでした？」

「推力を上げた時の硫黄脆弱性が心配で、チューブ壁温度と硫黄によるチューブ素材の亀裂深さのデータを採りました。その結果そのままではLB－3エンジンは五パーセント程度の余裕しかないということが分かったのです」

僕は一気に言った。

「佐藤さん、君たちの検討は正しいよ。ニッケルチューブは脆弱性が一番怖いからね」

「ナカイさん、経験があるんですか？」

「そう、一九六二年頃かな。推力一六五キロポンドのLB－3エンジンの推力を一八八キロポンドにしたことがある。一〇パーセント以上の推力アップを狙ったわけだ。私たちは君たちに比べたら乱暴で、燃焼試験をしたらチューブが裂けて、燃焼振動を起こしたんだ。

解析してみたら推力一八八キロポンドでは壁の温度が上がり、硫黄脆弱性が出ることが分かったんだ」

「それでどうされたんですか？」

「チューブ材質をニッケルから３４７ステンレス・スチールに変えた。それでＯＫさ。後は何のトラブルもない」

なんという幸運だろう。僕はこのような話が聞けるとは思わなかった。

「そのステンレス・スチールにしたエンジンはあるんですか？」

「今のデルタロケットのエンジンがそうだ。日本に行ったデルタロケットはＬＢ－３を使っているがアメリカのはステンレス・スチール製のＲＳ－27エンジンを使っている」

僕にとっては十分な議論だった。僕はナカイさんに鄭重にお礼を述べ部屋の外まで見送った。ナカイさんは心なしか疲れているような足取りだった。彼のスペースシャトル・エンジン開発はこれからが勝負なのだ。

僕は彼の奮闘とシャトル・エンジンの成功を心から祈った。

ロケットダイナミクスでのナンバー2推力室の燃焼試験は九回、累積一〇四〇秒で無事終了した。僕は関係者にお礼を述べて、もう訪れることもないだろうロケットダイナミクスをあとにした。カノガパークの街はクリスマスで華やいでいる。僕はこの街で液体ロケットエンジンのシステムを学び、エンジンを組み立て、燃焼試験に参加し、サットンの本を読了した。

空港に向かう車の中で都合五年間にわたるこの街との付き合いを思い浮かべるうち、僕の頬に自然と熱いものが流れた。

10

年末にアメリカから帰国したばかりの僕はあわただしく引っ越しをした。新年を新しい家で迎えたかったのだ。

新居の場所は所沢市小手指町。西武鉄道の主導で数年前から宅地造成が進んでいる一画を購入し、小さいながらも木造の二階家を建てた。開発がまだ進んでおらず、道路を隔てた南側は雑木林、東側は茶畑と周りを緑に囲まれて田舎の一軒屋という趣だった。

一九七八年、年が明けた時点の推力室組立信頼性確認試験の進み具合は順調だった。

ロケットダイナミクスでの噴射器と推力室の燃焼試験は、供試された各二台、計四台とも無事終了していた。

ロケットダイナミクスで使ったのとは別の噴射器を使った二三〇秒を超える長秒時燃焼試験も、種子島で二台、前年の秋に終わっていた。別の推力室を使う長秒時燃焼試験は、この年の三月に一台、四月に一台が予定されていて工場からは既に出荷されていた。

これら推力室組立の流れとは別に、エンジン信頼性確認試験は僕も参加して前年の八月に完了していて、何よりも大事な実際に飛行するエンジンの受入れ可否を判定する領収燃焼試験も、僕が前年末アメリカに行っている間に行われて合格していた。

本来は信頼性確認試験が終わってから飛行用の試験をすべきなのだろうが、Nロケット計画では、燃焼試験の後に機体に組み込む時間が要るため、飛行用のエンジン試験を先にしたのである。これらの進み具合をみて、国産エンジンの初飛行は翌年二月の実験用静止通信衛星（ECS）の打ち上げと決められた。


あと半年で信頼性確認試験も終わるという時にその事件は起きた。年始挨拶回りが一段落して自席で休んでいると、新任のロケット工場課長泰井さんから電話がかかってきた。

「佐藤さん、たいへんだ。推力室を穴だらけにしてしまった。すぐ来て！」

「何それ？　穴だらけ？」

「初号機の次の打ち上げに使う予定の推力室の鑞付けが終わったので、マンドレルから抜いてノズル内面を電動ブラシで掃除していたら、穴状の窪みをいっぱい作ってしまったんだ。使えるかどうか分からない」

「分かった。すぐ行きます」

僕と推力室担当の久保君は急いで瑞穂工場に向かった。


僕らがロケット工場課の現場に着くと、皆、青い顔をしている。

ノズル内面を覗くと、チューブ表面に浅い窪みがいっぱい出来ている。

「どうしてこんなことになったの？」僕は泰井さんに聞いた。

「電話で話したように、チューブ表面に沿って電動ブラシをこう左右に振って、余分な鑞やフラックス（溶剤）を除こうとしていたんだが、電動ブラシの固定金具がチューブに触れてしまったらしい」

「ちょっと待って、手順書では、電動ブラシを使うようになってないはずですけど」

久保君が言った。

「そうなんだけど。初めのうちは手順書通り手ブラシでやっていたんだが、そのうち電動ブラシを使った方が速くて楽だとなったらしい」

泰井さんが苦り切った表情で言った。

「ルール違反か……会社として、それも辛いですね」

僕が言った。

「そう、手順書通りやっていないとなると、作業者の技倆の問題より会社の品質管理体制が問われるから、そちらの方の問題が大きい」

品質管理部の遠藤課長が言った。

「ともかく、窪みの深さと個数を計測してもらってください」

僕は遠藤さんにお願いして、近くの控室に引き上げた。

「久保くん、窪みの個数の許容範囲があったよね？」

「ありますけど、それより遥かに多いですから技術判断が要ります」

「何個くらいあった？」

「ざっと見た感じで一〇〇個以上」

本来完全であるべき製品に一〇〇個以上の傷をつけてしまった。そのようなものを〝使えます〟と言い切れるものなのか？　僕は頭を抱えてしまった。

「久保くん、レービンさんを呼ぼうよ。こんな例は経験ないし、僕らじゃ判断つかないよ。

ロケットダイナミクス向けテレックスの文案を作って！　課長には断っておくから……」

僕は急いでMRを作成し、事業団の小栗さんに届け出た。

「うわあ、こんなに多く？　どうしたの？」

僕が持っていった写真を見て、小栗さんが声を上げた。高島さんも近づいてくる。

「作業者が内面を掃除している時に電動ブラシで傷つけてしまったんです。電動ブラシの音がうるさくてブラシの金具がチューブにぶつかっていることに気づかなかったんです」

「それにしても窪みが多過ぎるなあ……佐藤さん使えるの？」

高島さんが言った。

「まだ分かりません。いまロケットダイナミクスのレービンさんを呼んでいるところです」

「たとえ使えると言われても、今度は事業団の内部で問題になるなあ」

高島さんがぽつりと言った。

それは僕も分かっているつもりだった。ロケットだけで五、六〇億円、衛星を入れたら四、五〇〇億円もの大金がかかっている。小石川が使えますと押し切れるのかどうか……。

レービンさんはすぐアメリカから飛んできてくれた。

推力室の状態をちらっと見て言った。

「電動ブラシを使ったって？　一体なぜ？」

「もう何個も造っていて慣れているからと作業者は手早く終わらせようと考えたらしいのです」僕が言った。

「君たちは立ち会っていなかったのか？」

レービンさんが僕と久保君を見て言った。

「推力室をマンドレルから引き抜くところまでは立ち会っていたのですが、ブラシで掃除するところまでは付き合っていませんでした」

久保君が言った。

「そういう簡単な工程の方が、かえって何か起こることが多い。佐藤さん、現場から目を離すなというのはこういうことなのだよ」

「はい、胆に銘じて分かりました」

昨年の十月に言われたばかりなのに、僕は彼の言い付けを守ることができなかった。僕だって忙しかったのだと心の中で言い訳していたのだが、彼の無念そうな顔を見て胸の塞がる思いがした。僕らのことなのに、彼は僕ら以上に落胆していた。僕は師匠に対して心より申し訳ないと思った。

「ともかく詳しく見てみよう」

レービンさんは持参してきたハンディ・スコープを使って、たっぷり一時間かけて調べてくれた。僕なんか一〇分くらいしか見ていないのに、毎度彼のこだわりはすごい！

「穴が一〇〇個以上もあったら使うのは無理ですよね？」僕が言った。

「基準をオーバーしているが、個数は問題ではない」

「え？　〝個数は問題ない〟って、経験あるんですか？」

「ある。さすがにこんなに多いのはロケットダイナミクスも経験してないが」

「その推力室は打ち上げたんですか？」

「打ち上げた。問題なかった」

「じゃあ、これも使えますか？」

「このままではダメだ。窪みの深いのは鑞を盛って補修する」

「ほんとうに大丈夫なのかなあ……」

僕はなお不安だった。

「佐藤さん、窪みの場所によるんだ。ほとんどの窪みがノズル出口付近だろう？　だから許容できる」

「壁温の低いノズル出口だから、ということですか？」

「そうだ。これが壁温の高いスロート付近だと判断が難しいが、幸いだった」

ロケットダイナミクスの見解ははっきりしている。レービンさんに迷いはなかった。


レービンさんがホテルに引き上げた後、僕らはその日のうちに集まり、対応を協議した。

昨年九月に丸山さんが大学に転出したあとを継いで技術部長になった宇梶部長が、プロジェクト担当部長として議長を務めた。あとを継いだばかりなのに手に余るような問題が発生して、宇梶さんは我々に対して不満げだった。

「第一義的には不具合品を造った製造部が悪いが、それを見落とした品質管理部も問題だな」宇梶さんが言った。

「言い訳できません。作業について見ているはずなのに気づいていないのだから……。再発防止対策をしっかり立てて事業団に説明しないといけないでしょう」

田村品質管理部長が言った。

「不具合品は使えるの？」

宇梶さんが山田さんと僕の方を見て言った。

「窪みの深いのを鑞付け補修すれば使えます」

僕は山田さんに促されて発言した。

「窪みの深いのはそれでいいかも知れないけれど、個数は問題ないの？　一〇〇個以上とはいくらなんでも多いよなあ」

宇梶さんが言った。

「ノズル出口の壁温の低いところに集中しているのでかまわないそうです。ロケットダイナミクスはそのような推力室を打ち上げた経験があると言っていました」

「そうは言われても一〇〇個以上の傷がついたものを〝使えます〟と差し出せるのかなあ」

宇梶さんはなおも不安そうだ。

「窪みの個数の多い少ないは単に美容上《コスメチック》の問題だと言っています。気にするかしないかの……」

僕が言ったら山田さんに袖を引っ張られた。不謹慎と思われたらしい。

「事業団に受け取ってもらうのは困難かもしれないよ」

営業部の日和田次長が特徴のあるだみ声で言った。会議室に緊張が走った。

「昨日、司城さんと二人で高島さんを呼んで一杯やった。彼は小石川から〝使えます〟と言われても困ると言っている。使えるからとエンジン・グループが受け取っても、今度は高島さんたちが事業団内のロケット・グループや安全・信頼性管理部を説得しなければならない。それは自信ないと言っていた」

「技術的に大丈夫なのだから堂々と説得してほしいのだけど」僕が言った。

「佐藤くん、もう技術上の問題ではないのだ。誰も五、六〇億もするロケットに傷ものを使いたがらないのだ」日和田さんが言った。

会議は夜遅くまで続いて、推力室は廃棄、新しいのを造ると決まった。翌日武井事業部長の了承を得て、宇梶部長、田村部長、日和田次長が事業団を訪ねてその旨を報告することとした。MRは技術的評価だけで決まらず、政治的に決まることもあるという例である。小石川は多額の損失を被って無用のトラブルを避けたのだ。

ただしレービンさんには、この決定は知らせずにおこうということになった。

「佐藤さん、どうするか決まった？」

翌日レービンさんが聞いてきた。

「いや、まだぐずぐずしている。時間がかかりそう」

「なぜ時間がかかる？　MRは技術判断が出ればそれでおしまいだろう？　佐藤さん、君が技術部門の欄にサインするのをためらってるのか？」

「いや、そうではない。僕は貴方の説明に納得している。自分でも伝熱に対する影響を解析した。問題ないことは分かっているから、いつでもサインするつもりです」

「それなら簡単なことじゃないか。すぐ補修にかかろうよ」

真に彼の言う通りである。MRはきちんとした技術評価をして問題なければ使うという本来シンプルな制度のはずである。そのシンプルな制度が日本に入ると、そんなに簡単にいかなくなるのだ。


補修もなく手持無沙汰のレービンさんを僕はつなぎ止めていなければならない。そこで午後彼を新居に招待することにした。

「レービンさん、午後早目に退社して我が家に行こう。ディナー（正餐）に招待するよ」

「おっ、いいね！　君の新居だよね」

「そう、出来たばかり」

僕がそのことを話すと山田さんも賛成し、会社のハイヤーを手配してくれた。所沢街道を抜け、小手指駅近くの小さな踏切を越えて我が家の方に曲がると、レービンさんが目を剥いた。周りに何もないのである。

「わお、何これ？　何を植えてるの？」

「お茶です。この辺りはお茶の名産地でもあるんです」


すぐ小さな我が家に着いた。まだ垣根も出来ていない完成途上の家だが、恥ずかしいなんて言っていられない。これが現実なのだから……。

「いらっしゃい、レービンさん。貴方のことはいつも主人から聞いていますよ」

麻由子が笑顔で彼を迎える。

「はじめまして」

レービンさんもでっかい手を差し出した。

「うわあ、いい香り」

彼が居間に入ってきて言った。そう、まだ柱に使っている木の香りが部屋に満ちている。

「日本家屋って、こうして柱を出すんだ」

彼は日本の木組み構造が珍しいらしく、畳の部屋の柱をしげしげと眺めている。

「これなんて材料？　杉？」

「杉の仲間でヒノキ。大工がこればかりは本物を使えと奮発してくれた」

「日本の大工って、こうして一本一本に鉋をかけるんだ。すごいな」

僕はアメリカで、ツーバイフォー工法で家を建てているのを見たことがあるが、確かに鉋はかけていなかった。

「ところで佐藤さん、君はやり残していることはないと言っていたけれど、いっぱいあるじゃない」

「えっ、何が？」

「垣根、駐車スペースのコンクリート張り。芝生だって要るだろう？」

僕にとっては単なる苦役でも、彼にとっては楽しいＤＩＹ仕事なのだ。

麻由子の作った晩餐は中華と和風のミックスで、それなりに美味しかったと思う。

造り直しと決まったからにはレービンさんにはお帰りいただくとして、今晩翠風荘で感謝と送別の宴を持ちたいと山田さんが言ってきた。翠風荘とは、会社の敷地内にある接待用の小邸宅である。僕はあらかじめ用意していたお土産を持って翠風荘に向かった。

　レービンさんは僕とは違うタイプのエンジニアだが、僕は深く尊敬していた。彼ほど我々の仕事の力になってくれた人はいない。機械加工部品なら図面通り材料を削るだけだ。しかし鑞付けのような特殊工程は図面指示だけではできない。図面に書ききれないノウハウがたくさんあり、彼はその都度惜しげもなくそれを教えてくれた。彼なくしてわれわれの推力室組立は完成しなかった。

　宴たけなわの頃、僕はお土産の包みを開いて皆に披露した。中味は日本人形〝潮汲み〟である。その可憐な美しさに歓声があがった。人形の足元に黄金のプレートが置かれている。プレートには「リチャード・D・レービン殿　貴方の完璧なる技術援助に感謝します1978年1月　小石川重工業」と刻み込んである。レービンさんも満足そうで、僕は〝ほっ〟とした。この人形を選ぶのに僕と久保君はいろいろと迷ったのだから……。

　宴が終わってレービンさんがホテルに引き上げる時、僕は彼に聞いた。

「レービンさん、この人形梱包して送れるけど、そうしようか？」

　人形は小さなスーツケースほどの大きさがあり、飛行機で運ぶのは大変そうだった。

「いや、自分で持っていく。機内ではスチュワーデスに預かってもらえるから」

「そう、だったら明日僕が空港に持って行くからそこで渡すよ」

翌日の午後僕は彼を羽田空港に見送った。皆は仕事があり、僕だけが代表として人形を抱えてきた。

「レービンさん、長い間いろいろとありがとう、貴方からたくさんのことを学びました」

あまり言うと涙がこぼれそうでやめた。心なしか、彼の眼もうるんでいる。

「ルーシーちゃんたちはこの人形喜んでくれるかな？」

「そりゃあもちろん！」

僕は彼の分厚い手をしっかり握った。

「佐藤さん、ありがとう。さようなら」

彼が言った。

僕ももう会えないと分かっているのに言った。

「シー・ユー・アゲイン」

第五章　打ち上げ

1

一九七八年四月、ナンバー2推力室の長秒時燃焼試験が問題なく終わり、推力室組立とターボポンプを含めたＬＢ‐３エンジンの信頼性確認試験がすべて終了した。国産ＬＢ‐３エンジンの信頼性は確認され、打ち上げ用エンジンとして認定されたのである。

これ以降、小石川で造られた推力室組立は事業団の完成検査を受けたあと三峰重工に送られ、そこでターボポンプや他の部品とともに組み立てられ、ＬＢ‐３エンジンとして完成する。エンジンは種子島での領収燃焼試験に供せられたあと機体に組み込まれ、打ち上げに使用されることになる。

僕は久しぶりに日常の生活に戻った。いつも七時頃まで残業して八時過ぎに帰宅した。

当時流行していたテレビの歌番組を見ながら夕食をとり、ひと休みしたあとは、たいてい一時間か二時間は専門書や論文を読んで過ごした。

休日はレービンさんに言われたように、せっせと家の周りの作業をした。ホームセンターで苗木を買ってきては庭に植え、少しずつ庭木を増やしていった。

そのような平穏な日々が突然破られた。

「もしもし、佐藤さん、小栗さんが入院してるって！」

十月中旬のある日、司城さんから電話がかかってきた。

「えっ！　入院した？　なんで？」

「膵臓がんらしい」

僕は息をのんだ。額から血がひいていく。

「膵臓がん！　ほんとうなの？　本人は知ってるの？」

僕は矢継ぎ早に聞いた。

「知らないと思う。奥さんがそう言っているそうだから」

僕はしばらく声が出なかった。どうして小栗さんが？　どうしてこの時期に？

混乱していた。

「ともかく会ってみよう。病院はどこなの？」

声が震えていたかもしれない。

「埼玉医科大学病院、自宅の近くらしい」

「分かった。司城さん、今度の土曜日に行こうよ」

当時どこの部位のがんも怖れられていた。あとで知ったことだが、膵臓がんは特にやっかいな病らしい。すい臓は体の深いところにあり、胃・小腸・大腸・肝臓などに囲まれているためがんが発生しても見つけることが難しく、分かった時には進行していることが多いという。

僕と司城さんは国鉄（今のＪＲ）川越線で高麗川駅に行き、そこからタクシーで病院に向かった。病院は駅から二十分ほどの丘陵地にあり、途中の田園では収穫も終わり木々の紅葉が始まっていた。秋空はあくまで高く、このような季節に病室に閉じ込められている彼の不幸を思った。

大学病院は土曜日というせいもあって見舞客と外来患者で混みあっていた。そして消毒液や見舞いの花束の香りが混ざったまぎれもない病院独特の匂いが院内に満ちていた。

「こんにちは！」

「わあ、佐藤さん！　申し訳ない。お休みなのに……」

小栗さんは幸いにも元気で血色もよく僕は〝ほっ〟とした。

部屋にいた奥さんに挨拶を済ませて、僕はさっそく様子を聞いた。

「急にどうなさったんですか？」

「うん、なんとなく胃の辺りや背中が苦しいので一度診てもらおうと思って」

「いつ頃からですか？」

「夏頃かなあ、いつもと違うなと思って入院したんだけど……」

「夏の疲れが出たんですよ！　それで今はどうなさってるんですか？」

「検査しているだけ。退屈だからさっきまで日本シリーズを聴いていた」

病室にテレビがある時代ではなかった。彼はこの日から始まった阪急とヤクルトの日本シリーズをラジオで聴いていたのである。

「どっちが勝ってるんですか？」

司城さんが聞いた。

「七回終わって五対二でヤクルトが勝ってる。阪急の山田が打たれてる」

「へえ、山田が……」

僕らはしばらく野球の話をして気を紛らわした。


「ところで一段落したらスイスへ行く約束をしましたよね。これでコースを検討しておいてください」

僕は持ってきたスイスの写真集をプレゼントした。

「ずいぶん立派な本じゃない！　これは楽しみ」

小栗さんは素直に喜んでくれた。

「佐藤さんはスイスにはまだ行ったことなかったよね、どこか行きたいところあるの？」

「あります。登山鉄道でユングフラウヨッホに登りたい。でも小栗さんは行ったことありますよね？」

「かまわない！　何度行ってもいいところだから。今度は家の奥さんも一緒だから、佐藤さんも奥さん連れて行くんだよ！　司城さんも一緒にどう？」

「私も誘っていただけるなんて光栄です。ぜひご一緒させてください」

司城さんが言った。

僕はまだ見ぬスイスの大自然に想いを馳せた。


「たぶん切らないことになると思います」

玄関まで僕らを送ってきた奥さんが言った。

「だいぶ進んでるんですか？」

「……はい」

「それならその方がいいですよね」

すべてを呑み込んで気丈に振舞っている奥さんに、それ以上僕は何も言えなかった。

2

十二月に入って僕は事業団の高島さんに電話をして、N5号機の準備状況を訊ねた。

「高島さん、ロケット開発完了審査会は終わったのですか？」

「終わった。問題ない」

ロケット開発完了審査会とは、ロケット・グループ、エンジン・グループ、信頼性管理部が作成した資料に基づき開発スケジュール、設計変更の有無、飛行解析結果等を点検する事業団内の審査会である。小栗さんが元気なら、エンジン・グループの資料は当然彼が作成したはずだ。国産の初めてのエンジンに関する資料は自分で作りたかったに違いない。僕は彼の無念さを思った。

この審査会が終了すると、ロケットは名古屋から種子島に送られることになる。

「N5号機は送られたのですか？」

「もう送った。種子島に着いている。もうすぐロケットを発射台に立てる。年内に衛星のヒドラジン充填までやるつもりだ」

衛星のヒドラジンとは、今回打ち上げる実験用静止通信衛星の姿勢制御を行うガスジェットの燃料のことである。この充填作業のため会社の弘田さんたちがもうすぐ種子島に出張することになる。

「佐藤さんはいつから種子島に入る？」

「飛行模擬試験《フライト・シミュレーション》から入るつもりです。年明けに移動します」

「うん、そうしてください。国産の初めてのエンジンだからやはり一番知っている人に行っていただかないと……」

「はい、ところで小栗さんの病状はいかがですか？」

僕は気になっていることを聞いた。

「あまり良くない。奥さんも〝見舞いは結構〟と言っている」

「そうですか、心配ですね……」

僕は暗澹たる思いで受話器を置いた。


一九七九年の年明けとともに僕は種子島に出張した。N5号機の打ち上げに参加するためだ。

宿の堂園家では奥さんと亜紀子ちゃんが迎えてくれた。

「佐藤さん、今回は打ち上げまでいるの？」

さっそく奥さんが言った。

「そう、最後まで見届けるつもりです。長くなりますがよろしくお願いします」

「打ち上げは二月六日の予定だったわね？」

「そうです。打ち上げ後も二、三日はいます」

「分かりました」

「ところで打ち上げの時、ここは避難しなくてもいいんだよね？」

僕が言った。

「そう、二・二キロメートル離れているから大丈夫」

「亜紀子ちゃんたちはどうするの？」

「放課後になるから友達と宇宙ヶ丘に行くと思う」

「そう、ありがとう。応援してね」

宇宙ヶ丘はロケットの打ち上げが望める近くの小高い丘である。種子島の人たちにとって打ち上げは一大イベントだ。僕は地元の人たちに歓迎されてありがたいと思った。


翌日、僕は大崎発射場のロケット組み立て棟二階にある事業団控室を挨拶のため訊ねた。部屋には今回の打ち上げでロケット発射の指揮をとることになっているロケット・グループの蒼井主任がいた。蒼井さんは小石川出身で、短いながら一緒に仕事をしたことがある。彼の場合は高島さんのような出向ではなく、完全に移籍して事業団職員となっている。

「蒼井さん、お久しぶりです。よろしくお願いします」

「おっ、今回は佐藤さんか。打ち上げは初めて？」

「そうです。最後までいます。蒼井さんは五回目ですか？」

「そう。これだけは何回やっても慣れるということはないね。毎回緊張するよ」

発射指揮者というのは打ち上げではとても大切な役割だ。ロケットと打ち上げに関する作業のすべてに通じていて誤りなく全体の指揮をとらなければいけない。僕が使用する作業手順書の使用認可欄にはすべて彼のサインがある。打ち上げ当日彼は発射台から一八〇メートル後方の地下にある発射管制棟から打ち上げの指揮をとることになっている。

僕は事業団の部屋を出るとすぐ隣の三峰重工の事務所に行った。そこにいたサヴィニオさんが僕に気づいて手を挙げた。

「佐藤さん、お久しぶり」

「サヴィニオさん、お久しぶりです。今度もエンジン点検から来ているんですか？」

「そう、十二月から。小石川からは小野さんがきていたね」

「クリスマスは帰らなかったの？」

「帰らずに頑張っていた」

僕は彼の頑張りには、ほとほと感心する。

「ショージ・佐藤さんが貴方に感謝していたよ」

「なんて？」

「短期間なら種子島に行ってくれる人はたくさんいるけど、サヴィニオさんのように長期にしかも何度も行ってくれる人はいないって……」

「そうか、分かってくれてるわけね」

「そうですよ、サヴィニオさん！　僕らもいろいろと教えていただいて、とても感謝しています」

僕がそう言うと、彼は大げさに抱きついてきた。

「ＯＫ、佐藤さん。午後フライト・シミュレーションがあるから一緒に発射整備塔に行こう」

「お願いします」

僕はそう言って挨拶回りを済ませ、帰りに手順書を借り出して小石川の控室に戻った。


午後僕はサヴィニオさんとともに発射整備塔に向かった。

発射台にはＮロケット５号機が既に立てられていた。一段の機体には三本の固体補助ロケットも取付け済みだった。ロケットは全長三三メートルだが、今日のところはまだ第三段および衛星が取り付けられていない。

ロケット全体は三段式で、第一段と第二段が液体ロケット、第三段が固体ロケットである。全体の重さが約九〇トンあり、一段のＬＢ‐３エンジンの推力七七トンでは離陸できない。このため打ち上げ時には合わせて七〇トンの推力を出す固体補助ロケットを使用する。

ロケットは発射台を離れた瞬間から倒れないように姿勢を制御する。その方法は第一段エンジンの推力室をジンバリングして（前後左右に振って）ロケットの底部に横方向の力を加えることで行う。あたかも開いた掌の上で笠を垂直に保持する要領だ。

フライト・シミュレーションとは、あらかじめ組み込まれた飛行シーケンスと姿勢変更プログラムに従ってロケット各部が正常に作動するかを調べる試験である。僕たちは整備塔の二階に上がり、推力室の動きに目を凝らした。

「推力室ジンバリング試験始めます」

発射管制棟にいる蒼井さんの声がスピーカーから流れてくる。

「プログラム・スタート」

推力室が前後左右に動いた。

「うわあ、かなり速いですね」

「そう、九〇トンのロケットが倒れないようにするにはあれくらいのスピードで動く必要があるんだろうね」

サヴィニオさんが言った。

大きな重い推力室が〝グオングオン〟と音をたてて動くさまには迫力があった。

「サヴィニオさん、上手くいったようですね」

僕はほっとして言った。

「ＯＫ。佐藤さん。これが終わるとあとは発射リハーサルと実際の打ち上げだ」

「はい、明日から発射リハーサルですね」


発射リハーサルとはロケット第一段に実際に液体酸素を充填し、発射までのすべての作業がシーケンス通りにできるか確認することである。リハーサルは三日間かけて行われるが、初めの二日は設備系の準備で、本番のリハーサルは三日目の早朝から始まる。実際の打ち上げ日と同じ時刻に合わせるための早朝出勤であり、僕たちもまだ暗いうちに発射場に着いた。関係者の顔には緊張感と、ここまで来たという安堵感が漲っている。

明け方、ロケットを包んでいた発射整備塔が〝カーン、カーン〟という警報音をたててゆっくりと後退していった。それに伴いＮロケット本体が徐々に姿を現した。あいにく三段目より上はまだ結合されていないため、美しいシルエットとは言い難い。

午後、第一段酸化剤タンクへの液体酸素充填が開始される。僕らは発射管制棟に引き上げ、そこからテレビ画面で予冷却状態を監視した。

液体酸素が酸化剤タンクに入って発生する蒸発ガスが、タンクの排気弁から放出され機体に沿って上に昇っていく。また第一段エンジンを冷却してガス化した酸素の白煙が発射台の低いところから外に勢いよく出ていく。

離陸の瞬間をX時として、それ以前をマイナス、以後をプラスとして表現するカウントダウンが始まった。

Xマイナス一〇〇分。

第一段酸化剤タンクは九五パーセントまで充填された。ロケットのタンクには推進薬を必ず一〇〇パーセント充填することになっている。必要な速度を得るのに推進薬を余すところなく利用するためだ。しかし発射前から一〇〇パーセント充填すると短時間でも蒸発して失われる分があるため、一〇〇パーセントにするのは発射の直前である。発射リハーサルは直前の急速充填にかかる時間の確認のためでもある。

Xマイナス一二分。

屋外警戒員の退避が指令される。

Xマイナス七分。

発射指揮者が「Xマイナス四二〇秒からカウントダウンしてください」とひときわ高くアナウンスする。

「四二〇、四一九、四一八……」

秒読みが開始された。

「二〇〇」

「自動カウントダウン・シーケンス開始」

これ以降のロケットタンクへの補充填や加圧制御はコンピュータで自動的に行われる。

「一八〇」

「内部電源点灯」

電源が外部電源から、ロケット搭載のバッテリに切り替えられる。

「八〇」

「液体酸素急速充填開始」

「六〇」

「液体酸素九九パーセント点灯」

「四〇」

「液体酸素一〇〇パーセント点灯」

周りから〝ほう〟というため息が漏れた。予想通りらしい。

「三〇」

「発射準備完了」

「一〇」

「エンジンスタート準備完了」

「シーケンス強制停止！」

発射指揮者が強制信号を発してシーケンスを止めた。こうして発射リハーサルは無事終了した。

「急速充填に四〇秒かかるのは正常ですか？」

僕はサヴィニオさんに聞いた。

「そう、いつもの通り。問題ない。しばらくしたら第一段エンジンの漏洩点検があるから、発射台に行ってみよう」

サヴィニオさんが言った。

僕らは漏洩点検し、液体酸素がロケットのタンクから完全に排出されるのを待って退出したため、宿に帰ったのは、夜遅くなってからだった。……長い一日が終わった。

発射リハーサルの翌日、最後まで残っていた第三段ロケットと人工衛星が、第二段ロケットの上に搭載された。ロケットの最終形状が整い、各種点検とリハーサルが済んだところで、事業団主催で「飛行準備完了審査会」が開かれた。そして打ち上げ日を一九七九年二月六日とすることが改めて確認された。

その夜、夕食を終えて食堂で寛いでいると、亜紀子ちゃんが電話ですよと呼びにきた。

僕は軽い気持ちで台所にある電話に出た。

「もしもし」

「佐藤さん！」

相手は司城さんである。

「小栗さんが亡くなった……」

一瞬、息が詰まって声が出ない。

「い、いつ？」

「今日の午後。高島さんからさっき電話があった！」

「なんで今日なの？　打ち上げまで、あと三日じゃないか……」

受話器を置くと、ふいに涙が溢れ出た。こぼれ落ちないように天井を見上げたが無駄だった。僕は周りに人のいないことに感謝した。

六年間も一緒に仕事をしてきて、あと三日でやっと成果が出るという時に亡くなるなんて……。僕らは何によって罰せられているのだろう？

何もないところから一つひとつ部品を造り、一つずつ性能や品質を確かめ、もうすぐ打ち上げが成功するものと思っていたのに……。神はなんと無慈悲なことをするのか！

次の日から僕は夕食を終えると、防寒着のポケットに焼酎の小瓶を忍ばせて竹崎海岸に行った。砂浜の小岩に座って酒を飲み、波の音に耳を澄ましながら小栗さんを思った。僕には彼が、もうこの世に存在しないことがどうしても受け入れられなかった。ひとりの人間がそんなにもあっけなくいなくなってしまうなんて……。

僕はあまりにも深く彼と結びついていた。あのサンタスザンナでＬＢ‐３エンジンの燃焼試験の轟音を聞いてプロジェクトの成功を誓ってから、彼とはいつも行動をともにしてきた。小石川にも液体ロケットエンジン技術を持たせるという国の政策に沿って彼は僕らに支援を惜しまなかった。彼は政策を実行するということ以上のことを常にしてくれた。

僕は彼との一つひとつの行動を鮮明に記憶しすぎていた。彼が推力室や噴射器の鑞付けを終えた時に見せた満足げな表情を僕はまだ覚えていた。彼はあの時日本人でも立派にできるのだと自信を持ったに違いない。推力室組立が完成して三峰重工に出張した夜に語ってくれたＹＳ‐11の開発物語を、僕ははっきりと思い出すことができた。

最後に病院で会った時の落ち着いた彼らしい振る舞い、彼は何か悟っていたのだろうか？

夜が更けて深い闇が僕を包む時、涙がとめどなくこぼれ落ちた。まるで滝のようにぼろぼろとひとりでに流れてくる。

僕が悲しみに浸っている間にも打ち上げの準備は着々と進んだ。打ち上げ前日までに、第一段燃料タンクへのケロシンの充填と第二段タンクへの推進薬充填、ガスジェットタンクへのヒドラジンの充填も終わり、すべての準備が終了した。明日、第一段酸化剤タンクに液体酸素を充填すれば、あとはロケットを打ち上げるだけだ。

打ち上げ当日、僕らは早朝に起き、朝食のおにぎりを持って発射場に向かった。宿を出る時、僕は小栗さんの写真を懐に忍ばせた。

午前四時。

発射整備塔を後退させる準備が始まった。発射整備塔内部の床の跳ね上げや整備塔前面扉の開操作が、下の階から開始されていく。

午前六時。

発射指揮者の第一声がアナウンスされた。

「ただいまより、整備塔退避作業を開始してください。繰り返します。ただいまより……」

発射整備塔がゆっくりと後方に動き始めた。ある程度離れたところでいったん停止し、整備塔とロケットやアンビリカル・タワーと繋がっているものがないか点検され、その後速度を少し上げて後退していった。アンビリカル・タワーとは、ロケットと電力ケーブルや通信ケーブルを繋いでいるタワーで、整備塔のように後退せず、ロケットのすぐ近くに直立している。アンビリカルとは〝へその緒〟の意である。ケーブル類は打ち上げ時にロケットから切り離されてアンビリカル・タワーに引き寄せられる。

整備塔が後退するにつれてNロケット本体が姿を現した。今まさに昇り始めた太陽に照らされてロケットはことのほか美しい。先日の発射リハーサルの時には第三段と衛星が付いていなかったが、今日はもちろん完全な姿で登場した。

午前七時。

発射整備塔の退避が終了した。発射整備塔が一三〇メートル後方に下ったので、発射台にはNロケットだけが力強く屹立している。ロケットの裾に付けられた三本の固体補助ロケットは袴にも見え、あたかも歌舞伎役者の立ち姿を見る思いだ。

午前十時。

打ち上げ時刻を午後五時四六分とすることがアナウンスされた。したがってX時を五時四六分として以後最終カウントダウンが行われることになった。僕もXマイナスとして各作業を記述することにする。

午前中は電波系の点検と誘導制御系の点検が繰り返された。


Xマイナス四時間。

第二段へリウムタンクに高圧のヘリウムガスを充填する前に、発射場からの総員退避が指示される。僕ら小石川の第一段エンジン関係者も竹崎の管理棟に退避することになった。第一段エンジンの操作卓には事業団の職員と三峰重工の村山さん、それにサヴィニオさんが着いた。

「サヴィニオさん、後はよろしくお願いします」

僕は彼の手を握って言った。

「OK、まかしておいて！　たぶん何も起こらないよ」

彼は自信満々である。

僕らが発射管制棟を退出するため竹崎行きのバスに乗り込むと同時に、管制棟の重い扉が閉められ、赤色回転灯が回りだした。

竹崎の管理棟は発射場から二キロメートル離れていて、発射場の情報は屋上から撮っているテレビ画面しかない。ただし発射管制棟の主要な指令はどこにいてもスピーカーで聞くことができる。ここに二、三十人の各社の支援社員が集まった。打ち上げまでこの集会室で待機するのだ。

僕らは部屋の片隅に陣取り、宿の奥さんが届けてくれた遅い昼食をとることにした。

「あれっ、佐藤さん、赤飯だよ！」

多崎君が叫ぶ。

「ほんとうだ。堂園のおばちゃん、気をきかして赤飯にしてくれたんだ」

加藤君もうれしそうだ。

「種子島の人にとって打ち上げ日はお祝いなんだね。ありがたくいただこう」

僕もそう言って箸を取った。


Xマイナス一七〇分。

第一段の液体酸素充填作業が開始された。

Xマイナス一二〇分。

第一段ロケットの酸化剤タンクに九五パーセントまで液体酸素を充填する作業に入った。ロケットの底の方から蒸発した酸素と、それに冷やされた水蒸気が立ち昇る。


Xマイナス一〇〇分。

第一段ロケットの酸化剤タンクに液体酸素が九五パーセントまで充填されたことがアナウンスされた。ここからはXマイナス四〇分に補充填するだけで第一段エンジンでは特段の作業はない。集会室では皆、思い思いに仮眠をとったり雑誌を読んだりしている。


僕は不覚にも眠ってしまったらしい。加藤君に揺すられて目を覚ますと、周りには誰もいない！

えっ！　打ち上げ時にはこの部屋に留まるように言われているはずなのに？

僕らはそうっと部屋を出た。スピーカーから「Xマイナス一〇分」とアナウンスが流れている。管理棟の玄関に安全要員が立っていて、僕らが近づくと目を逸らしてあさっての方向を見る。そういうことだったのか！　僕は静かに建物の横の林に滑り込んだ。なんだ、多崎君や三峰重工の作業員も皆、木の陰に隠れて発射場の方を見ている。

Xマイナス七分。

七分前、最終カウントダウンが開始された。カウントダウンが分単位から秒単位に変わる。

「四二〇」

「発射台周辺の散水を開始」

ロケットエンジンから出る炎によるダメージを少なくするため、スプリンクラーによる散水が開始された。

「二〇〇」

「自動カウントダウン・シーケンス開始」

「一二〇」

すぐ傍の駐車場から花火一発が打ち上げられた。安全要員や住民への最終合図である。

「八〇」

「液体酸素急速充填開始」

一〇〇パーセントに向けて急速充填が開始された。

「四〇」

「液体酸素一〇〇パーセント点灯」

第一段ロケット酸化剤タンクに液体酸素が一〇〇パーセント充填された。

「三〇」

「発射準備完了」

いよいよである。心臓の鼓動が高なる。

「一〇」

「エンジンスタート準備完了」

「二」

「エンジンスタート」

「〇」

「リフトオフ」

遠く発射台にピカッと閃光が走るとともにあの大きな機体がゆっくりと発射台を離れた。ロケットは周りを睥睨するように悠々と動き始め、その底部がアンビリカル・タワーをかわす辺りで〝ガン〟という大音響と〝バリバリ〟という噴射音が伝わってきた。

高度一〇〇メートルと思われる辺りからの加速は強烈だった。まさに韋駄天のごときスピードでアッという間に遠ざかっていった。

服の上から小栗さんの写真にそっと触れて「小栗さん、僕らのロケットが昇っていったよ！」と言ったとたん、薄暮にも拘わらず、僕にはもう何も見えなかった……。

終わり

この物語はフィクションであり、
実在の人物・団体とは一切関係ありません。

著者プロフィール
鈴木 翔遥（すずき しょうよう）
1942年、青森県生まれ
名古屋大学工学部航空学科卒業
大手メーカーで液体ロケットエンジン開発に従事
埼玉県所沢市在住
著書：「ロケットエンジン」森北出版、2004年

ロケットが来た

2017年10月15日　初版第1刷発行

著　者　鈴木 翔遥
発行者　瓜谷 綱延
発行所　株式会社文芸社
〒160-0022　東京都新宿区新宿1－10－1
電話　03-5369-3060（代表）
03-5369-2299（販売）

印刷所　株式会社フクイン

ISBN978-4-286-18726-6